COLLECTION FOLIO

Anne Wiazemsky

L'île

Gallimard

Cette nouvelle est extraite du recueil
Des filles bien élevées (Collection blanche, 1988).

Anne Wiazemsky a publié des nouvelles, *Des filles bien élevées* (Grand Prix de la nouvelle de la Société des gens de lettres, 1998), et des romans, *Mon beau navire* (1989), *Marimé* (1991) et *Canines* (prix Goncourt des lycéens, 1993). Elle a reçu le Grand Prix de l'Académie française en 1998 pour *Une poignée de gens*. Elle a publié *Aux quatre coins du monde* (2001), *Sept garçons* (2002), *Je m'appelle Élisabeth* (2004), *Jeune fille* (2007), *Mon enfant de Berlin* (2009), *Une année studieuse* (2012) et *Photographies* (2012). Elle a été également actrice et a joué notamment dans des films de Robert Bresson, Jean-Luc Godard, Pier Paolo Pasolini et Philippe Garrel.

Découvrez, lisez ou relisez les livres d'Anne Wiazemsky :

AUX QUATRE COINS DU MONDE (Folio n° 3770)

CANINES (Folio n° 2761)

HYMNES À L'AMOUR (Folio n° 3036)

JE M'APPELLE ÉLISABETH (Folio n° 4270)

MARIMÉ (Folio n° 2514)

MON BEAU NAVIRE (Folio n° 2292)

UNE POIGNÉE DE GENS (Folio n° 3358)

SEPT GARÇONS (Folio n° 3981)

JEUNE FILLE (Folio n° 4722)

MON ENFANT DE BERLIN (Folio n° 5197)

UNE ANNÉE STUDIEUSE (Folio n° 5680)

— Alors, est-ce que ce n'est pas le paradis ?

Jeanne avait glissé son bras sous celui de Jean et se retournait, souriante, vers son amie. Laure approuva distraitement car elle guettait la sonnerie du téléphone.

Ils se trouvaient tous trois sur la grande terrasse qui surplombait la pinède menant aux plages. Derrière eux, l'hôtel où ils avaient choisi de passer douze jours de vacances résonnait de cris et de rires d'enfants.

« On dirait une pension de famille », pensa Laure. Quelqu'un lui prit la main : c'était Pomme, une adolescente de quatorze ans, que Jean avait eue d'un premier mariage et qui s'impatientait.

— Tu viens la voir, la chambre ?

Jean s'interposa.

— Pomme, ne commence pas à nous embêter.

Et se tournant vers Laure :

— Ne te laisse pas faire.

Pomme eut pour son père un sourire condescendant. Les yeux dans le vague, le dos rond, les bras ballants, elle paraissait depuis longtemps résignée aux faits et gestes arbitraires des grandes personnes.

Laure eut pitié d'elle.

— Monte dans la chambre, si tu veux. Je te rejoins dans cinq minutes.

Pomme se redressa instantanément.

— Je vais défaire ma valise et ranger mes vêtements, dit-elle avec enthousiasme.

Jeanne intervint :

— Rappelle-toi que tu partages cette chambre avec Laure, ne prends pas toute la place…

Mais Pomme était déjà partie vers l'hôtel.

Laure regretta de ne pas lui avoir dit de signaler à la réception qu'elle était sur la terrasse. Si on lui téléphonait, l'employé, peut-être, ne la trouverait pas, et celui dont elle attendait l'appel penserait qu'elle n'était pas encore arrivée. Ils s'étaient dit au revoir la veille et déjà il lui manquait, et déjà elle se demandait comment elle allait faire pour passer douze jours sans lui.

— … et c'est ici qu'il m'a séduite, conclut Jeanne.

Laure sursauta. Toute à ses pensées, elle

n'avait pas entendu ce que lui racontait son amie. Jean s'en rendit compte et plaisanta :

— Laure est ailleurs…

Jeanne, de bonne grâce, reprit ses explications.

— Je te disais que lorsque Jean et moi nous nous sommes rencontrés, il m'a emmenée dans cet hôtel. Je connaissais à peine le Midi et pas du tout cette île…

Elle caressa tendrement son ventre dissimulé sous les plis d'une ample chemise en jersey gris.

— Et voilà le résultat.

Jean, à son tour, caressa le ventre.

— Cela se passait il y a presque dix ans… Il m'aura fallu dix ans pour décider Jeanne à faire un enfant avec moi. Et maintenant…

Il s'interrompit, rêveur.

— Et maintenant ? répéta Laure.

— Et maintenant, j'ai l'impression d'être coincé et qu'il va falloir que je travaille trois fois plus pour l'élever, pour…

Jeanne lui coupa la parole avec une tranquille assurance.

— Bouh ! Quel prétentieux… Mais tu es libre, mon garçon, je n'ai pas besoin de toi pour l'élever, je gagne aussi ma vie, n'est-ce pas, Laure ?

Laure savait que cette dispute était feinte et se contenta de sourire.

Mais Jean aussi la sollicitait :

— Ça va être charmant, ces vacances… Nous laisserons Jeanne et Pomme faire des pâtés sur la plage et nous irons faire la fête, toi et moi.

— La fête ? Je me demande bien où, dit Jeanne paisiblement, nous sommes au bout de l'île et il n'y a que cet hôtel.

— Dans les fourrés.

Jean n'attendit pas que sa réponse fût commentée. Il enchaîna :

— Et si nous allions voir nos chambres, les filles ?

La chambre de Jean et de Jeanne se trouvait au premier étage du bâtiment central de l'hôtel, au bout du couloir. Elle était de taille moyenne mais avait une grande salle de bains d'où, par la fenêtre, on apercevait la mer. Celle que devaient occuper Pomme et Laure était meublée de deux lits étroits comme des couchettes de train, d'une armoire, d'une table et d'un lavabo.

— C'est vraiment une chambre d'enfant, constata Jean avec un début d'inquiétude.

Laure en convint. Une fillette de l'âge de Pomme aurait dû se trouver là, à sa place. Mais elle s'était décommandée et Pomme, à qui on avait demandé avec qui elle aimerait passer ses vacances, avait aussitôt avancé le nom de Laure.

Jean et Jeanne en avaient été enchantés. Laure était leur meilleure amie, la plus ancienne aussi.

— Tu crois que ça va aller ? demanda encore Jean.

— Tu viendras prendre autant de bains que tu veux chez nous, ajouta Jeanne.

Laure les rassura. Ils décidèrent de se retrouver dans un quart d'heure sur la terrasse, pour l'apéritif.

Son père sorti, Pomme s'empressa d'organiser leur espace commun.

— Tu as droit à cette partie de l'armoire et aux deux tiroirs du bas. Quel lit veux-tu ?

Laure lui désigna le téléphone mural, près de la porte, puis le lit qui se trouvait juste en dessous.

— Celui-là. Ce sera plus pratique pour répondre.

— Ah, tu attends des coups de fil…

Pomme soudain était respectueuse : elle admirait Laure parce qu'elle était célibataire et avait, croyait-elle, une vie amoureuse intense. Laure la laissait rêver, se gardant bien de nier ou de confirmer quoi que ce soit.

— C'est toujours Thierry ?

— Pas seulement Thierry.

— Ah…

Pomme était déconcertée et pour se donner une contenance entassait sur la table les cassettes de son walkman.

Laure, assise en tailleur sur son lit, se demandait comment occuper les minutes qui la séparaient du dîner.

Ne pas avoir sa propre salle de bains la contrariait beaucoup. Une douche l'aurait peut-être aidée à chasser certaines appréhensions, à cesser de mettre en doute les raisons qui l'avaient amenée à quitter Paris et à suivre ses amis sur cette île.

Elle se rappela qu'elle était fatiguée physiquement et que son histoire avec l'homme dont elle se croyait amoureuse lui causait, en ce moment, plus de soucis que de joies.

Elle avait pensé qu'une séparation, la première depuis qu'ils s'étaient rencontrés, pourrait leur être bénéfique.

— Il y en a donc un autre ?

— Hein ?

— Un autre homme.

Pomme la fixait de ses grands yeux bleus. Laure nota qu'elle avait les mêmes sourcils épais et noirs que son père et s'en amusa. Mais ce regard exigeait une réponse.

— Oui, dit-elle.

— Comment s'appelle-t-il ?

— Tu es trop curieuse.

Pomme lui tourna le dos et se mit à brosser ses cheveux frisés.

— Pour ce que ça m'intéresse... maugréa-t-elle.

Laure s'allongea sur la couverture en regrettant que sa petite amie n'insiste pas davantage. Elle aurait aimé lui confier qu'il s'appelait Jacques Caraes et que c'était ce nom qui l'avait tout d'abord attirée. Le simple fait de l'évoquer lui fit battre le cœur. Qu'il n'ait pas encore téléphoné l'inquiétait. Il lui avait promis la veille de l'appeler en fin de journée, et la fin de journée s'achevait. Elle se souvint alors de son inexactitude et s'imposa de ne plus y penser. Elle se força à regarder Pomme qui avait enlevé ses vêtements fripés et qui hésitait entre une robe jaune et une robe verte. Laure s'étonna.

— Tu te changes pour le dîner ?

— Oui, pas toi ?

Laure soupira, théâtrale :

— Ai-je seulement de quoi ?

Pomme eut l'air choqué.

— Les gens de l'hôtel se changent... Ils sont tous très élégants...

Cette information tira Laure de sa torpeur. Dans son sac il n'y avait que des pulls, des chemises et des jeans. Des robes aussi, bien sûr, mais des robes de plage, pas des robes pour aller dîner. Elle s'en inquiéta.

— Jeanne ne m'avait pas prévenue, je n'ai rien à me mettre.

Pomme, méchante, profita de sa détresse.

— Tu vas être la seule, tu vas te faire remarquer…

Laure se sentait accablée, épouvantée. Elle en était à imaginer un scénario lui permettant de prendre, dès le lendemain, un train pour Paris quand deux coups ébranlèrent la porte.

— Entrez, répondit immédiatement Pomme de cette drôle de voix perchée qui était la sienne depuis peu de temps et qui sans doute, d'ici quelques mois, se modifierait encore.

— Ho, les filles ! Quelle délicieuse atmosphère de pensionnat ! Regarde-les donc, Jeanne…

Jeanne se faufila près de Jean et rit à son tour. Elle se moqua de Laure affalée sur son lit, qui semblait bouder, et de Pomme, debout devant le lavabo, qui lissait ses sourcils. Laure l'écouta, un peu gênée. Le parfum fleuri de son amie pénétrait dans la chambre et lui apportait une impression de fraîcheur. Elle ferma les yeux, se dit qu'elle était en vacances et qu'il ne tenait qu'à elle que ce fût de belles vacances.

— Non, mais c'est qu'elle s'endormirait,

s'indigna Jean en lui donnant une tape sur les pieds.

Laure se leva et rejoignit Pomme. Son visage, dans le miroir, lui déplut. Il était pâle et gris, un peu gonflé. Elle réalisa qu'elle portait toujours la même chemise et la même jupe, froissées par le voyage en voiture. Jeanne, par contre, s'était changée et maquillée. Elle paraissait reposée et attendait, patiente, que Laure et Pomme se décident à quitter la chambre. Jean, lui, s'en était allé après leur avoir conseillé de se presser un peu.

— Quel est le problème ? demanda Jeanne.

— Elle n'a rien à se mettre, s'empressa de répondre Pomme.

— C'est vrai, tu aurais dû m'expliquer quel genre d'hôtel tu avais choisi, dit Laure avec irritation.

Jeanne eut un rire joyeux, un rire qui d'habitude balayait toute amorce de mauvaise humeur chez son amie.

— Que tu es bizarre ! Je ne t'ai jamais vue aussi sensible à l'opinion d'autrui.

Une sonnerie stridente les fit toutes trois sursauter : c'était le téléphone.

— C'est pour moi, dit précipitamment Laure en décrochant le combiné.

Certaine qu'il ne pouvait s'agir que de Caraes, elle fit signe à ses amies de sortir. Mais elle se trompait et ce fut la voix de Jean qui lui parvint. Il appelait de la réception, il avait déjà commandé les apéritifs.

Presque tous les clients étaient attablés dans la partie de la terrasse qui faisait office de salle à manger. Ils avaient pour cela déserté les chaises longues bleu marine qui s'alignaient en désordre, près du bar. Jean était à demi allongé dans l'une d'elles et leur désignait un plateau de boissons posé près de lui.

— Pour toi, Jeanne, de l'eau minérale, pour toi, Pomme, une limonade, et pour toi, Laure…

Laure prit la coupe qu'il lui tendait et eut son premier moment de plaisir.

— … du champagne, dit-elle, ravie.

Elle trinqua avec ses amis.

— À nos belles vacances !

Jean expliqua qu'il ne fallait pas trop tarder car on ne servait pas au-delà de vingt et une heures. Il fit aussi admirer les deux bols de porcelaine qui contenaient l'un des cacahuètes, l'autre des olives. Jeanne, Laure et Pomme se jetèrent dessus avec une avidité qui parut satisfaire le serveur.

— Vous en voulez d'autres ? proposa-t-il.

— Oui, répondit Pomme en léchant ses doigts pleins d'huile.

— Non, bien sûr que non, rectifia Jean.

Il remercia le serveur et fit la leçon à sa fille : celle-ci ne devait pas se conduire en goinfre, ni abuser de la gentillesse des gens de l'hôtel. Pomme prit un air las et fit semblant de s'intéresser à la chaîne en or que Laure portait autour du cou. Laure, pas dupe de son manège, échangeait avec Jeanne quelques commentaires à voix basse. Toutes deux observaient les clients de la salle à manger. C'étaient pour la plupart des couples accompagnés d'enfants en bas âge. Le teint hâlé, le cheveu propre et bien coiffé, les hommes avaient tous une certaine élégance sportive. Les femmes, elles, portaient des robes claires et étaient aussi soigneusement bronzées que maquillées.

— Bouh, quel chic, soupira Laure, à nouveau mal à l'aise dans ses vêtements de tous les jours.

Elle but quelques gorgées de champagne pour se redonner du courage.

— Tu sens l'odeur des mimosas ? demanda Jeanne.

— Oui.

Mais Laure sentait, plus forte encore, l'odeur des eucalyptus. Cela la ramena à certains étés de son enfance, passés en famille dans une villa des environs de Saint-Raphaël. Elle y avait grandi auprès d'une petite fille aussi brune qu'elle était blonde, sa cousine, qui était morte le premier jour du printemps, il y avait quelques mois à peine.

« Quatre », compta Laure. Elle se rappela qu'elle avait suivi ses amis sur cette île, aussi, dans le but d'y penser moins et que c'était l'inverse qui semblait se produire.

Au bout du chemin qui menait aux plages, elle imagina, malgré elle, une jeune fille en robe de cotonnade noire qui attendait, mélancolique, le coucher du soleil.

Elle se vit, elle, Laure, au même âge, marcher à sa rencontre, le cœur serré par elle ne savait quelle obscure crainte. « Je dois être bien fatiguée », se dit-elle.

— Si nous allions dîner ? proposa Jeanne.

Leur table se trouvait en plein air, en bordure de la salle à manger. Laure en fut soulagée : si on l'appelait au téléphone, elle serait facile à trouver. Elle regarda sa montre, s'en voulut et s'interdit de penser à Caraes, à ce que pouvait faire Caraes, à ce que voulait Caraes.

— Etc., conclut-elle à haute voix.

— Qu'est-ce que tu dis ? demanda Jeanne.

— Moi, j'ai dit quelque chose ? s'étonna Laure.

— « Moi, j'ai dit quelque chose », la singea Jean en lui tendant le menu.

L'expression ahurie de Laure lui fit lever les yeux au ciel. En face de lui, Pomme mâchait de la mie de pain d'un air morose. Quant à Jeanne, les deux mains posées à plat sur son ventre, elle écoutait bouger son enfant, heureuse, lointaine.

— Dites donc, les filles, va falloir être plus animées ! dit Jean avec mauvaise humeur.

À nouveau, ils se trouvaient assis tous les quatre sur la terrasse. La nuit était venue et des lampes avaient été allumées, éclairant les dîneurs qui, maintenant, buvaient leur café. Un serveur passait entre les tables et leur proposait des digestifs ou des cocktails de fruits.

Jean, un verre d'alcool de poire à la main, racontait la pièce qu'il devait répéter, début août, à Paris. Il s'agissait d'un drame de Shakespeare. Il devait en interpréter le rôle principal, le spectacle serait vu par des milliers de personnes et tiendrait l'affiche jusqu'à la fin de l'année. Cette perspective le ravissait et il jurait, prenant ses compagnes à témoin, d'utiliser ses douze jours de vacances pour apprendre son texte et réfléchir à son personnage. Jeanne l'approuvait comme elle le faisait toujours lorsqu'il parlait de son travail.

Laure ne l'écoutait pas. Le vin rosé de Bandol l'avait agréablement soûlée et elle pensait que si Caraes n'appelait pas dans la soirée, c'est qu'il le ferait le lendemain et qu'il n'y avait là rien d'autre qu'un léger contretemps. Elle se rappela qu'un metteur en scène italien venait de l'engager pour un film qui se tournerait à Florence à la fin du mois de juillet.

« Tout va donc très bien », se dit-elle. Elle regarda alors ce qui se passait sur la terrasse.

Quelques dîneurs s'étaient regroupés autour d'une partie de cartes. D'autres prenaient le frais en évoquant leur baignade de l'après-midi. Des enfants jouaient à cache-cache et feignaient d'ignorer les rappels à l'ordre de leurs parents.

— À quoi penses-tu ? lui demanda soudain Jeanne.

Laure se pencha vers elle.

— À ce que peuvent faire tous ces gens quand ils ne sont pas en vacances au bord de la mer.

Jeanne n'hésita pas.

— Ce sont des cadres supérieurs, des médecins, des architectes, des psychanalystes peut-être.

Laure approuva.

— Tu crois qu'ils ont compris que nous ne sommes pas des gens sérieux, que nous sommes des acteurs, des artistes ?

Elle avait mis dans le mot « artiste » toute

l'ironie dont elle était capable, ironie que comprenaient parfaitement Jeanne et beaucoup moins Jean.

Jeanne s'abrita derrière sa tasse de tilleul-menthe et épia un couple qui jouait, trois tables plus loin, aux échecs. Son attention fut ensuite attirée par un vieil homme qui se tenait très droit dans son fauteuil et qui lisait le *Times*.

— Je crois que personne ne s'occupe de nous, conclut-elle.

Un bâillement exagérément étiré parvint d'une chaise longue. Pomme s'y était enfouie, son walkman sur les oreilles, et donnait les premiers signes de fatigue.

Jean toussa.

— Je vois que je vous passionne, toutes les trois...

Laure se tourna vers lui, affectueuse et pleine de bonne volonté.

— Tu disais quelque chose ?

— Non, Laure, je ne disais pas quelque chose, je disais des choses essentielles.

Il prit un air faussement grave.

— Un jour tu te rendras compte à côté de quel être exceptionnel tu es passée.

Laure baissa la tête comme une enfant penaude.

— Je te pardonne. Mais pour cette fois, cette fois seulement…

Laure lui sourit et termina le verre d'alcool qu'il lui tendait. La fatigue du voyage commençait à la gagner, elle aussi. Mais la nuit était claire et elle n'avait pas encore vu la Méditerranée de près.

— Descendons aux plages, décida-t-elle en s'extirpant de sa chaise longue.

Jean et Jeanne marchaient devant, enlacés. Laure suivait quelques mètres derrière, à nouveau émue par les odeurs d'eucalyptus. Pomme bondissait à ses côtés, excitée et apeurée par les bruits qui provenaient des fourrés. Elle se serra, frissonnante, contre Laure.

— C'est dangereux de se promener la nuit ?

— Très dangereux !

Pomme se figea alors dans l'allée, Laure, d'une bourrade, la força à continuer.

— Quel gros bébé tu es !

Cette remarque tranquillisa l'adolescente. Elle se pendit au bras de Laure et lui raconta, avec force détails, un film de vampires qu'elle avait vu à la télévision.

Deux silhouettes surgirent brusquement au détour d'un chemin. Pomme eut un petit cri. Un garçon et une fille avançaient, silencieux, en se tenant par la main. Sa jupe à elle était parsemée d'aiguilles de pin. Lui avait sur le visage une expression de plaisir assouvi qui se transforma en un sourire lorsqu'il surprit le regard de Laure posé sur lui. La jeune femme rougit. Elle savait qu'elle les avait regardés avec envie et comprit qu'elle avait été devinée.

— N'aie pas peur, ce sont des amoureux... dit Pomme à voix basse.

Laure s'attarda quelques secondes à suivre des yeux le couple qui maintenant lui tournait le dos et s'éloignait en direction de l'hôtel. Mais Pomme, qu'un oiseau de nuit avait effrayée, la tirait par la manche de son pull-over.

— Viens... c'est pas prudent de rester seules...

Jean et Jeanne les attendaient au bout du chemin, bordé de chaque côté par une plage. Dans les deux criques, des bateaux mouillaient pour la nuit. De petites lampes rouges accrochées aux mâts leur permettaient de se signaler les uns les autres. Sur un voilier, une fête battait son plein. Un air de rock se mêlait aux rires et aux cris de joie des danseurs.

— On va sur la plage ? proposa Jeanne.

Jean l'aida à descendre le petit sentier escarpé qui y conduisait. Agrippée à son cou, elle s'amusait de sa maladresse et prenait son amie à témoin.

— Est-ce que tu réalises que je deviens un éléphant ?

Laure qui l'avait précédée lui tendit une main que Jeanne refusa. Mais elle eut tort car elle glissa sur les cailloux et ne dut son salut qu'à l'intervention rapide de son amie.

— Mais fais donc attention, s'énerva Jean.

Jeanne se dégagea des bras de Laure pour retourner dans ceux de Jean.

— Ne te fâche pas, mon amour, murmura-t-elle en lui embrassant doucement les lèvres.

Elle fit signe, ensuite, à Laure et à Pomme de se rapprocher et leur dit d'une voix que le bonheur faisait trembler :

— Quelle chance nous avons d'être là… Tous les quatre…

Cette phrase résonna étrangement aux oreilles de Laure. Elle eut envie de répondre ce qu'à la seconde même elle était en train de penser : « Non, c'est une malchance d'être là tous les quatre, la vraie chance serait que j'y sois seule avec Caraes. » Mais elle ne le fit pas.

— En dix ans, que de bonnes vacances ensemble… dit-elle.

— Dix ans ? s'inquiéta Jeanne.

— Mettons neuf…

— Tu me rassures !

L'une après l'autre, elles énumérèrent les lieux où — avec ou sans Jean — elles avaient partagé des maisons, des chambres d'hôtel et même des spectacles de théâtre. Pomme qui s'ennuyait lançait des pierres dans l'eau. Son père la rejoignit et joua quelques instants avec elle. D'un commun accord ils avaient l'habitude d'ignorer Laure et Jeanne lorsque celles-ci se mettaient à évoquer leurs souvenirs.

Laure s'était assise sur le sable. Elle écoutait moins Jeanne que le bruit des drisses tapant sur les mâts. Elle pensait à cet homme qui lui avait appris à connaître les bateaux et qui irrémédiablement s'éloignait d'elle.

Elle pensa encore qu'ils avaient vécu ensemble un grand amour et que c'était peut-être la folie de sa vie que d'y avoir renoncé.

« Cher, cher Thierry », murmura-t-elle soudain au bord des larmes. Mais l'image de Caraes s'imposa à nouveau. L'idée qu'il puisse être en train de lui téléphoner la fit se relever d'un bond.

— Et si nous rentrions à l'hôtel ? dit-elle. La nuit devient fraîche…

Ce fut d'abord une odeur de café et de pain grillé qui tira Laure de son sommeil, puis des voix dont elle reconnut l'accent chantant. Elle se souvint alors qu'elle se trouvait dans une île du midi de la France et que ce lit qu'elle s'étonnait de trouver si étroit et si court allait être le sien pendant douze jours. Mais elle avait bien dormi et se sentait prête à mener sur-le-champ une vie réglée de vacancière. Les bruits qui l'avaient réveillée provenaient de la cour au-dessous de la fenêtre, où des jeunes filles, vêtues d'une jupe noire et d'un corsage blanc, préparaient les petits déjeuners. Il y avait encore très peu de clients, elles bavardaient entre elles et riaient à tout propos. Laure referma le volet et sourit de contentement : la gaieté de ces jeunes filles lui semblait le meilleur des présages.

— Pomme ? appela-t-elle.

Un faible grognement lui répondit. Pomme gisait sur son lit, à plat ventre, les bras en croix, telle une poupée de chiffon. Elle avait jeté à terre draps et couvertures et dormait vêtue d'un tee-shirt trop court. Ses fesses, bien fermes et très blanches, faisaient une tache claire dans l'obscurité. Laure eut envie de les pincer mais se retint : elle savait que sa petite amie n'aimait plus du tout ce genre de familiarité et que ce geste tendre et taquin risquait de provoquer une dispute. Elle se souvint qu'un problème de lampe de chevet les avait, vers les onze heures du soir, dressées l'une contre l'autre. Pomme voulait lire, Laure dormir. Une discussion s'était amorcée et avait tourné court car Laure avait décrété que « les petites filles ne devaient pas veiller si tard ». Pomme avait obéi avec une rage qui expliquait le désordre des draps et des couvertures. Laure jugea qu'elle avait fait preuve d'une mauvaise foi peu sympathique, mais se donna raison. Si elle ne dictait pas d'emblée sa loi à Pomme, ce serait Pomme qui en profiterait pour dicter la sienne. Elle décida d'oublier l'incident.

— Pomme ? murmura-t-elle.

Le corps de l'adolescente se contracta et ce fut d'une voix à peine audible qu'elle répondit :

— Je dors…

Laure se pencha au-dessus du visage aux yeux obstinément clos.

— Quelle marmotte !

Et sans transition, elle se mit à entonner le refrain d'une chanson qui depuis des semaines lui trottait dans la tête.

— « Et la marmotte dit à l'écureuil
Depuis trois mois je n'ai pas fermé l'œil.
Marmotte vous mentez, voici venir l'été
Les oiseaux vont chanter dans la nature
Aimons nos pères… »

Un hurlement la fit s'interrompre. Pomme s'était redressée sur ses coudes et montrait un visage déformé par la rage.

— J'en ai marre de cette chanson idiote que tu nous chantes sans arrêt depuis le départ !

La vision de Pomme en colère et à demi nue enchanta Laure. Connaissant sa pudeur, elle prit un malin plaisir à lui demander si elle était brouillée avec les pyjamas, et Pomme, seulement alors, découvrit sa tenue. Confuse mais digne, elle s'enroula dans un drap, résolue à ne pas donner prise à de nouvelles moqueries. Laure, sur le point de quitter la pièce, ne put s'empêcher de l'appeler à nouveau.

— Quoi encore ? gémit Pomme d'une voix déjà ensommeillée.

— « Aimons nos pères, nos mères, la vie et le Bon Dieu
Et puis les femmes, les femmes, les femmes
Qui ont les yeux bleus ! »

Au cri que poussa Pomme, Laure jugea prudent de se réfugier dans le couloir. Elle n'eut pas tort car un livre, lancé à travers la pièce, vint s'écraser contre la porte. Décidément, Pomme n'aimait pas Charles Trenet.

Laure avançait, hésitante, dans la cour. La lumière lui faisait cligner les yeux et elle regretta d'avoir oublié ses lunettes de soleil.

Elle s'interrogeait sur le choix d'une table lorsqu'elle aperçut Jeanne, un peu à l'écart, qui lisait en buvant une tasse de thé. Elle avait roulé ses cheveux noirs en un petit chignon au bas de la nuque et portait une longue robe tunisienne. Ses pieds, chaussés de fines sandales, étaient confortablement calés sur le fauteuil qui lui faisait face. Laure, une fois de plus, admira la beauté de Jeanne, beauté dont elle connaissait tous les détails et dont elle ne se lassait jamais. Ses voisins les plus proches, deux couples d'une cinquantaine d'années, devaient être de son avis car ils la contemplaient avec une insistance presque gênante.

Mais Jeanne, toute à sa lecture et à ses tartines, ne s'apercevait de rien. Laure s'approcha doucement derrière elle et posa ses mains sur les yeux de son amie.

— Laure ! devina Jeanne.

— Gagné !

Elles se sourirent. Une jeune serveuse apporta un pot de café et une corbeille de croissants. Jeanne posa son livre, trempa un doigt dans la confiture. Puis elle tourna son visage en direction du soleil et demanda à son amie si elle avait passé une bonne nuit.

Laure buvait son café et répondit par une grimace : ce ne serait qu'au bout de deux tasses qu'elle serait en mesure de soutenir une discussion.

— Humm, dit Jeanne, on est matinale mais pas si réveillée que ça…

Autour d'elles l'hôtel commençait à s'animer. Du bâtiment central surgissaient les vacanciers entrevus lors du dîner. Leurs tenues négligées contrastaient avec leur élégance de la veille. Certaines femmes, encore en peignoir, traînaient derrière elles des enfants endormis. Des hommes, pas rasés, en bermuda, s'échangeaient les quotidiens du jour et regardaient certains des leurs qui revenaient, fatigués mais glorieux, d'une partie de tennis dont ils ne feraient grâce d'aucun détail.

Laure avait retrouvé toute sa vivacité et commentait ces apparitions successives. Elle en était à recenser les dégâts causés par les coups de soleil, quand Jeanne l'interrompit.

— À propos de soleil, tu devrais en prendre le plus possible.

Ce conseil, pourtant anodin, troubla Laure. Quelque chose dans la voix de Jeanne annonçait que ces paroles n'étaient qu'un début et que ce qu'elle avait à lui dire était d'une tout autre importance.

Alors elle pensa à Caraes et s'étonna de l'avoir oublié. Il n'avait pas téléphoné. L'idée saugrenue l'assaillit que peut-être il l'avait fait et que c'était Jeanne — par une mauvaise manipulation de la standardiste — qui avait reçu la communication.

Mais si cela se révélait exact, pourquoi Jeanne ne l'avait-elle pas appelée, pourquoi ne lui en avait-elle pas parlé immédiatement ?

Avait-elle un message délicat à transmettre ? Était-elle chargée d'une mission embarrassante ?

Laure en était là dans ses pensées quand Jeanne lui tendit un croissant qu'elle avait beurré à son intention.

— Mange, dit-elle, tu as mauvaise mine et tu es trop maigre.

Laure repoussa le croissant et se resservit une tasse de café noir.

— C'est pour cela que tu me conseilles de prendre le soleil ?

Jeanne acquiesça avec gravité. Elle paraissait toujours préoccupée, Laure tenta de plaisanter :

— Et mon fragile teint de blonde, qu'est-ce que tu en fais ?

— Je te passerai de l'écran total.

Devant l'air ahuri de Laure, Jeanne expliqua, soudain très technique :

— Si je n'utilise pas d'écran total, j'ai des taches brunes… le fameux masque des femmes enceintes…

Elle caressa furtivement son ventre et ajouta, émue :

— Il bouge, tu sais…

Puis, à nouveau, elle se tourna vers son amie

et d'une voix tendre et ferme lui répéta qu'elle la trouvait fatiguée et que cette mauvaise mine l'enlaidissait. Son insistance finit par assombrir Laure.

— J'ai bien peur que cette mauvaise mine dont tu parles ne soit rien d'autre que mon visage de femme de trente-sept ans… J'ai pris un coup de vieux, voilà l'explication.

Jeanne éclata de rire.

— Si, si, insistait Laure, un coup de vieux… D'ailleurs je commence à avoir des cheveux blancs… Regarde sous ma frange…

Toujours hilare, Jeanne se boucha les oreilles. Laure se replia dans un mutisme offensé. Jeanne, alors, lui prit la main.

— Que tu es bête, tu as encore l'air d'une jeune fille… Alors que moi qui vais sur mes trente-neuf ans et Jean sur quarante en octobre…

Elle ne termina pas sa phrase et réfléchit un court instant…

— Ce que je voulais te dire, c'est que la vie que tu as menée ces derniers mois t'a fatiguée… Douze jours de vacances au soleil et tu seras une autre personne !

L'arrivée soudaine de Jean, une raquette de tennis à la main, procura à Laure une diversion inespérée. Elle craignait en effet que la discussion ne débouchât sur sa rencontre avec Caraes. Elle savait que son amie désapprouvait cette histoire. Non pas qu'elle le jugeât indigne ou inintéressant — Jeanne ne le connaissait pas — mais il était marié et père d'un petit garçon, situation qui, à son avis, ne pouvait que faire souffrir Laure. Jeanne, en plus, avait une conviction : un homme qui trompait sa femme pouvait tout aussi bien tromper sa maîtresse, ses collaborateurs les plus proches, et même son boucher.

Quant à Jean, il avait choisi d'ignorer la vie amoureuse de leur amie dont il disait, par dérision — mais aussi parce que cette idée le charmait —, qu'elle était une aventurière.

— Pomme n'est pas réveillée ?

Laure lui narra ses infructueuses tentatives pour la faire se lever et Jean s'énerva : sa fille se trouvait dans un endroit paradisiaque, il lui offrait les plus belles des vacances, et tout ce qu'elle trouvait à faire c'était dormir.

Jeanne intervint, soudain violente :

— Pomme a pris la déplorable habitude d'émerger vers midi… Vous verrez comme ça va être difficile de la faire venir sur la plage…

— Si c'est comme ça, je la renvoie illico à Paris chez sa mère, dit Jean en avalant, rageur, les deux tiers d'un croissant.

Il s'étouffa et Jeanne, à nouveau rieuse, dut lui taper dans le dos et lui faire boire une gorgée de thé. Laure fit semblant de compatir à son malheur et promit de lui envoyer Pomme dans les dix minutes.

— Sinon, ça va très mal commencer, ces vacances, lui cria Jean tandis qu'elle s'éloignait en direction de l'hôtel.

Pomme dormait toujours, roulée en boule et entortillée dans le drap. Son visage pâle, parsemé de taches de rousseur, reflétait un plaisir qui émut Laure. Elle se rappelait qu'à l'âge de Pomme dormir le matin était pour elle un bonheur dont elle ne se lassait pas et qui décourageait ses parents. Sa cousine, elle aussi, dormait. Mais d'un sommeil si dense, si farouche, que rien ni personne ne pouvait, pendant les vacances ou les jours de congé, la faire se lever avant l'heure du déjeuner.

Sa cousine. Sa brune et délicate petite cousine qui allait d'école religieuse en cours privé, souffrant d'être une mauvaise élève, honteuse de son incapacité à s'intéresser à quoi que ce soit. Laure, qui passait ses journées à lire, avait essayé, pendant des années et par tous les moyens, de lui faire partager ses passions. Ainsi, d'été en été, elle lui avait lu, à haute voix, couchée dans l'herbe ou assise à califourchon sur le rebord d'une fenêtre, *Le Mystère de la chambre jaune, Le Parfum de la dame en noir, Les Hauts de Hurlevent et Le Moulin sur la Floss.* Sa cousine l'écoutait en tortillant, songeuse, une mèche de cheveux.

Une plainte l'arracha à ses souvenirs. Pomme s'agitait, en proie à un cauchemar.

— Pomme, jolie petite Pomme, appela Laure.

L'adolescente frémit mais ne répondit pas. Laure s'agenouilla près d'elle et continua d'une voix qu'elle espérait persuasive :

— Je sais que tu ne dors plus, que tu fais semblant... ton nez bouge...

— Menteuse, marmonna Pomme en enfouissant sa tête sous l'oreiller.

— Comme tu veux... Mais ton father est furieux, et c'est lui qui montera te chercher si tu n'es pas en bas dans cinq minutes.

Ces paroles eurent sur la dormeuse un effet immédiat. Elle attrapa son short et, profitant d'un moment où Laure lui tournait le dos, sortit du lit. Mais Laure l'observait dans le miroir au-dessus du lavabo.

— Asperge-toi le visage et brosse-toi les dents, ordonna-t-elle.

— Après.

— Non, tout de suite.

Pomme obéit en bougonnant. Elle allait sortir quand elle avisa un soutien-gorge noir que Laure avait oublié sur une chaise. Elle s'en empara.

— Tu me le prêtes ? demanda-t-elle d'une voix adoucie par la convoitise.

— Tu portes des soutiens-gorge ?

Pomme, très fière, fouilla dans son sac de voyage et sortit un soutien-gorge rose à pois blancs qu'elle agita sous le nez de Laure.

— Je te le passe en échange du tien, d'accord ?

— On verra... Mais file, j'entends ton père qui monte...

Pomme détala.

— Si vous croyez que vous me faites peur, vous autres les vieux, cria-t-elle du couloir.

Laure ramassa les soutiens-gorge que l'adolescente, dans sa fuite, avait jetés à terre, puis se laissa tomber sur son lit.

Sa bonne humeur s'était dissipée, à nouveau elle se sentait effrayée par la perspective des douze jours dans cet hôtel. Elle regarda sa montre qui indiquait dix heures trente. Elle pensa que Caraes devait être à sa table de travail en train d'écrire le scénario qu'il s'était juré de terminer pour la fin du mois. À moins qu'il ne se soit couché tard et qu'il ne dorme. Car Caraes aimait déambuler la nuit, de bar en bar, de café en café, à la recherche de quelque chose que lui, comme elle, ignorait. Elle calcula que cela faisait deux jours qu'ils ne s'étaient pas parlé au téléphone et eut brusquement peur qu'il ne l'oublie. Alors, elle se raconta la dernière heure qu'ils avaient passée ensemble. Il lui avait dit qu'il était triste de la quitter et qu'il tenait à elle très fort. Il lui avait encore suggéré qu'il allait modifier sa vie de manière à la voir davantage.

Un petit grattement dans le bois de la porte la fit se redresser. Jeanne, du couloir, la prévenait qu'elle descendait à la plage et lui proposait de l'accompagner. Laure hésita : il était encore tôt et Caraes pouvait penser que c'était une bonne heure pour la joindre. Suivre Jeanne risquait de lui faire rater l'appel tant désiré. Mais rester à attendre que son ami, là-bas à Paris, se décide, lui parut dangereux : avec des habitudes de ce genre, elle allait inévitablement gâcher ses vacances. Elle cria donc à Jeanne de l'attendre sur la terrasse et enfila à toute vitesse un maillot de bain.

Dans le vestibule, elle croisa Pomme, l'air excédé, qui remontait vers le premier étage. Son père la suivait et la sermonnait.

— Va lire dans ta chambre, si tu y tiens, mais sois sur la plage à midi, et à onze heures trente au tennis où je te ferai faire quelques balles.

Laure attendit que Jean se fût éloigné pour attraper Pomme par le bras.

— Si on me téléphone, dis de rappeler à l'heure du déjeuner, dit-elle sur un ton faussement léger.

Pomme promit.

— Et prends le message s'il y en a un.

Pomme regarda sa grande amie avec ironie et compassion, et promit encore.

Laure la laissa partir avec un sentiment de soulagement qui fut, hélas, de courte durée : elle venait de se souvenir que Pomme avait pris l'habitude d'avoir en permanence un walkman sur les oreilles. Elle allait la rappeler pour la prier de ne pas s'en servir quand elle s'entendit héler. C'était Jeanne qui l'attendait et qui s'impatientait.

— J'arrive, j'arrive, cria Laure à regret.

Les deux amies s'engagèrent dans la pinède, en direction des plages. Jeanne expliquait qu'il y en avait une avec du sable fin et blanc et une avec du sable noir. Sur la première, on pouvait louer des planches à voile.

— Jean aimerait en faire. Il se débrouille très bien, tu sais, dit-elle.

— Ah, oui ?

Laure se força à écouter les exploits sportifs de Jean que Jeanne, maintenant, racontait avec enthousiasme. Elle pensait que Jean avait de la chance d'être aimé par quelqu'un comme Jeanne. Jeanne non seulement discernait ce qu'il y avait de meilleur en lui, mais savait, en plus, rire de ses défauts et de ses maladresses. Laure pensa encore que celui qu'elle considérait comme le grand amour de sa vie, Thierry, l'avait aimée comme Jeanne aimait Jean, et qu'elle avait éprouvé, pendant les cinq années de leur histoire, un sentiment de confiance qu'elle ne retrouverait sans doute jamais.

— Alors, d'accord pour la plage blanche ? proposa Jeanne.

— Va pour la plage blanche !

Laure se déchaussa. Il était encore tôt, les semaines précédentes avaient été fraîches et le sable lui parut presque froid. Jeanne qui portait des sandales en plastique avançait d'un bon pas le long de l'eau et chantonnait un air à la mode. Un grand chapeau de paille protégeait son visage du soleil, chapeau qui avait appartenu à la grand-mère de Laure, morte deux ans auparavant.

— À quoi penses-tu ? demanda Jeanne.

Elle s'était immobilisée au bout de la plage et installait sur le sable une grande serviette couleur lavande.

— À ce chapeau de soleil… Imagine un peu…

Entre les deux guerres, il a dû se balader à Deauville, à Monaco…

— Tu ne regrettes pas de me l'avoir donné ?

Laure sourit et étala à son tour une serviette près de celle de son amie.

— Parce qu'il est très vieux, ce chapeau, très usé, il risque de finir ici…

— Eh bien, ce sera une belle fin.

Autour d'elles, il y avait peu de vacanciers. Quelques mères surveillaient de très jeunes enfants, des bébés pour la plupart. Certaines avaient les seins nus, d'autres pas. Jeanne se dégagea du paréo qui la recouvrait et apparut vêtue d'un tout petit slip.

Laure se déshabilla à son tour et après une courte hésitation enleva le haut de son maillot de bain. Jeanne la regardait faire, un peu soucieuse.

— Tu es trop maigre, dit-elle.

— Tu me l'as déjà dit.

— Et très blanche. Il va falloir que tu fasses attention les premiers jours.

Laure sortit de son sac trois tubes de crème qu'elle aligna sur sa serviette.

— Je suis parée : protection huit pour aujourd'hui et demain, protection quatre pour les autres jours…

Jeanne écoutait avec un air gourmand que Laure connaissait bien : il suffisait que l'une d'elles ait un nouveau produit de beauté pour que l'autre, immédiatement, l'essaye.

— Et celui-là ? demanda Jeanne.

— Antirides solaire. Indispensable.

— Prête-le-moi.

Elle s'en barbouilla le visage puis s'allongea sur sa serviette, son livre et ses lunettes à portée de la main. Laure, encore debout, hésitait entre l'imiter et aller se baigner. La deuxième solution lui parut meilleure, elle se dirigea, résolue, vers le bord de l'eau.

— Quel courage ! commenta Jeanne qui s'était redressée pour suivre les faits et gestes de son amie.

Laure entra dans la mer et frissonna : l'eau était si froide qu'elle se serait crue en Bretagne.

— Comment est-elle ? criait Jeanne dans son dos.

— Glacée !

— Alors reviens te réchauffer au soleil !

Mais Laure, engagée jusqu'à la taille, était en train de prendre une série de bonnes résolutions : elle nagerait sur le dos, puis sur le ventre, de manière à faire travailler tous les muscles de son corps. Au début, elle compterait jusqu'à cent et augmenterait graduellement pour arriver jusqu'à cinq cents, mille peut-être. Elle attaqua en grenouille.

— Une, deux…

Sur la plage, Jean et Pomme avaient rejoint Jeanne et tous trois la regardaient évoluer en lui hurlant des encouragements. Quand elle sortit de l'eau, Jean eut un sifflement d'admiration.

— Mais c'est qu'elle est belle, notre camarade ! dit-il, sincère.

Laure rougit de plaisir et se mit à plat ventre pour cacher ses seins nus. Sa pudeur amusa Jean. Il se moqua un instant de ce qu'il appelait « ses manières de jeune fille élevée au couvent des Oiseaux ». Puis, lassé par ce jeu, il lui proposa, ainsi qu'à Jeanne, de l'accompagner faire de la planche à voile. Elles refusèrent, il s'adressa à Pomme.

— Non, répondit l'adolescente qui était assise tout habillée sur le paréo de Jeanne et qui mâchait avec application du chewing-gum.

Jean fronça les sourcils, haussa les épaules et s'en alla, sans insister davantage, vers la partie de la plage où se louaient les planches à voile.

Jeanne attendit qu'il se fût éloigné pour exprimer son mécontentement.

— Tu n'es pas gentille avec ton père. Il se donne du mal pour t'offrir de merveilleuses vacances et toi tu refuses tout ce qu'il te propose.

— Je ne vois pas pourquoi je serais obligée de faire tout ce qu'il fait, protesta Pomme.

Elle portait de grandes lunettes de soleil qui lui dissimulaient les yeux et contribuaient à rendre son visage maussade et hostile.

— Tu as l'intention de rester habillée ? demanda Laure.

— Parce que si c'est ton intention, tu peux prendre un train et rentrer à Paris, compléta Jeanne de plus en plus exaspérée.

Pomme regarda tour à tour les deux jeunes femmes, fronça les sourcils et haussa les épaules exactement comme l'avait fait son père quelques minutes auparavant. Puis, lentement, elle entreprit de se dévêtir. Elle portait, sous sa chemise, un maillot de bain une pièce, d'un mauve délavé, qui lui montait jusqu'au cou.

— Presque un passe-montagne... commenta Laure.

— La culotte de ton vieux deux-pièces pourri n'est pas mieux ! riposta Pomme d'une voix stridente.

— Pomme ! hurla Jeanne.

L'adolescente sursauta. Elle savait que Jeanne, sous son apparente douceur, était capable de terribles colères.

— Pomme, que ce soit bien clair : tu ne traites pas Laure comme si c'était ta copine de classe. Tu lui dois le respect ainsi qu'à moi et à ton père. Vu ?

— Vu.

— Très bien, alors va te baigner.

Pomme eut une grimace de dégoût et désigna la mer.

— Elle doit être froide… Personne ne se baigne…

— Bien sûr que si… Laure l'a fait.

— Tu y retournerais avec moi ? demanda l'adolescente à Laure qui se séchait au soleil.

Mais la jeune femme avait fermé les yeux et paraissait dormir. Pomme, alors, poussa plusieurs longs soupirs qui restèrent sans effet.

— Jeanne ? appela-t-elle de sa voix la plus suave.

— Hum ?

— Tu viens te baigner avec moi ?

— Je lis.

Pomme, ne sachant plus quel argument employer, resta quelques minutes silencieuse, occupée à se ronger les ongles. Puis, prise d'une soudaine frénésie, elle se laissa tomber en arrière et enchaîna une série de roulades.

— Que tu es assommante à ne pouvoir jamais rester tranquille ! dit Laure brutalement aspergée de sable.

— C'est vous qui êtes assommantes ! Vous

papotez entre vous sans vous occuper de moi et quand j'arrive vous vous plongez dans un bouquin ou vous dormez !

Laure et Jeanne, en même temps, avaient relevé la tête et contemplaient, surprises, cette colère à laquelle elles ne s'attendaient pas. Pomme, consciente de son avantage, poursuivait, vibrante incarnation de la révolte :

— C'est pas drôle pour moi de me retrouver seule avec trois grandes personnes !

Les deux amies se concertèrent du regard, plus disposées à l'envoyer au diable qu'à lui donner raison. Jeanne, la première, eut pitié.

— D'accord, je vais aller me baigner avec toi, dit-elle.

— Et ensuite, nous irons sur les rochers, compléta Laure.

Jeanne se leva avec difficulté. Son gros ventre et ses seins lourds attirèrent l'attention de deux petits garçons qui la regardèrent passer, pétrifiés. Leur mère leur expliqua qu'il s'agissait là d'une femme enceinte et eut, pour Laure, quelques mots polis à propos de la douceur de l'air et de la beauté du paysage. Laure répondit de même et, de peur que cette conversation ne s'éternise, sortit de son sac un gros livre. Elle négligea le résumé du début et commença à lire. Dès les premières pages, elle sut qu'elle allait adorer ce roman, qu'il allait l'emporter au loin des heures durant, trois jours peut-être. Un sentiment de bonheur l'envahit. Elle avait eu raison d'accepter l'invitation de ses amis, raison de penser qu'une séparation les rapprocherait, Caraes et elle, raison de paresser au soleil.

Mais une volée de sable mit fin à son plaisir : Pomme était de retour.

— Où est Jeanne ? dit Laure.

— Elle arrive.

Jeanne, en effet, sortait à son tour de l'eau. Elle désignait son ventre et riait aux éclats.

— Tu m'as vue faire la planche ?

— Non.

— Avec mon ventre qui pointait hors de l'eau, j'avais l'air d'une brioche !

Elle rit à nouveau et s'aperçut que les deux petits garçons, malgré les recommandations de leur mère, avaient interrompu la construction d'un château de sable pour mieux la dévisager. Elle leur fit un clin d'œil et les contempla un instant, rêveuse et attendrie. Puis elle s'étendit sur sa serviette, les jambes largement ouvertes, les mains posées à plat sur ses seins. Elle irradiait un tel bonheur que Laure, troublée, se détourna. Son propre corps lui parut, par comparaison, si terne, qu'elle éprouva le besoin de s'éloigner, momentanément, de celui de son amie. Pomme, fort à propos, réclamait sa promenade.

— Soyez sages et ne vous chamaillez pas trop, leur recommanda Jeanne d'une voix ensommeillée.

Laure remit sa chemise et suivit l'adolescente vers le bout de la plage, là où commençaient les rochers. Elle était pieds nus et avançait avec prudence, tandis que Pomme, chaussée de sandales en plastique rose à paillettes argentées, bondissait, agile, aérienne.

— Tu devrais t'en acheter, affirmait-elle. C'est beau et on peut marcher sur n'importe quoi. Même sur des vives et des oursins.

Laure approuva distraitement.

— Tu crois que ça m'irait un maillot de bain deux pièces ? continuait Pomme.

— Humm.

— Vraiment, tu crois ?

— Humm.

— Et une robe comme ta bleu ciel, ça m'irait aussi ?

— Oui.

— Tu me la prêteras ?

— Ouille !

Laure venait de se cogner le pied contre la pointe d'un rocher et sautillait sur une jambe, en gémissant. Pomme, insensible à sa douleur, lui énumérait tous les vêtements qu'elle aimerait lui emprunter. Son bavardage était si joyeux que Laure renonça à la faire taire comme elle en rêvait depuis le début de leur promenade. Elle s'assit sur une roche et se massa la cheville, attirée par les voiliers qui croisaient au large. Une goélette avançait, poussée par le vent. Elle pensa que Thierry devait naviguer le long des côtes d'Irlande et le désir lui vint soudain qu'il débarque et qu'il l'enlève.

— Un bermuda, ça fait de plus jolies jambes qu'un short ? questionnait Pomme.

Laure secoua la tête. Elle savait qu'un enlèvement ou tout autre exploit de ce genre appartenait au passé. Il ne fallait pas qu'elle y songe trop souvent, sous peine de jeter sur son histoire avec Caraes une ombre chagrine et dangereuse.

— Tu viens de dire oui ou tu viens de dire non ?

— Hein ?

— Un bermuda, reprit patiemment Pomme, ça me ferait…

Mais elle n'acheva pas sa phrase et poussa un hurlement :

— Papa !

De son doigt tendu, elle désignait Jean, sur sa planche à voile, qui filait en avant de la goélette. Il allait très vite et avait une étrange position courbée que Laure s'expliquait mal.

— Papa ! papa ! criait Pomme en agitant les bras.

Jean dut l'entendre, car il eut un mouvement d'épaules dans sa direction qui faillit le faire chavirer. Il se rétablit de justesse et reprit sa course vers le large non sans crier, à son tour, quelque chose que ni Laure ni Pomme ne comprirent.

— Rentrons raconter à Jeanne comme papa est calé, dit l'adolescente au comble de l'excitation.

Elle fit demi-tour, suivie par Laure.

— Tous les autres planchistes restent dans la baie... Papa, lui, a osé sortir.

— Tu vois qu'il a des qualités, ton father.

Pomme en convint. Laure jugea le moment bien choisi pour lui rappeler à quel point son père était un être rare. Elle évoqua ses talents de comédien, sa générosité. Elle en était à vanter sa façon de cuire le pot-au-feu quand Pomme lui coupa la parole.

— Regarde !

Un zodiac faisait son apparition dans la baie. Il remorquait une planche à voile. À l'intérieur se trouvaient Jean et le maître nageur.

Laure éclata de rire.

— La journée commence bien ! dit-elle.

Puis, devant la mine perplexe de Pomme :

— Ton père est allé trop loin… À cause du vent, des courants, il n'a pas pu revenir et le maître nageur a volé à son secours…

— Il va être d'une humeur massacrante, dit Pomme en bâillant.

Elle avait repris son air las et maussade et Laure crut bon de la chapitrer : il ne fallait pas qu'elle profite de cet incident pour se moquer de Jean, ni même qu'elle lui fasse part d'une quelconque déception.

— Pour qui me prends-tu ? répondit Pomme avec dignité.

— Mademoiselle Laure, on vous demande au téléphone.

Laure se leva précipitamment de sa chaise et renversa sur Pomme le contenu de son verre de vin. Cela faisait maintenant trois jours qu'elle était sur l'île, trois jours durant lesquels elle avait attendu cet appel qui la surprenait enfin alors qu'elle était en train de dîner avec ses amis. Elle entendit, dans son dos, les protestations indignées de Pomme et le rire moqueur de Jean. Elle voulut se retourner pour s'excuser et se cogna contre deux petites filles qui jouaient avec un caniche nain, à même le sol carrelé de la terrasse. Elle en releva une, demanda pardon à l'autre et atteignit l'étroit cagibi où se trouvait le téléphone. Elle décrocha.

— Allô ? s'impatientait la voix.

— Allô ? murmura Laure faiblement.

— Allô ? Lolo ?

Laure eut un gémissement : au surnom dont on venait de l'affubler, elle comprit que son interlocuteur n'était pas Caraes mais Christian, son ami le plus cher, son complice préféré, celui avec qui elle passait l'essentiel de son temps.

— Allô ! Allô ! s'énervait la voix, qui après quelques secondes de silence émit une série de jurons à l'adresse des installations téléphoniques vétustes de certains hôtels du midi de la France, jurons qui tirèrent Laure de sa torpeur.

— Christian, oh ! mon Christian ! dit-elle.

— Lolo, enfin !

— Que je suis contente de t'entendre !

Elle s'apprêtait à lui confier à quel point elle dépérissait loin de Paris où il se trouvait ainsi que Caraes, mais un sentiment de honte l'en empêcha. La journée passée en mer, avec ses amis, avait été particulièrement réussie : Jean avait loué une barque à moteur, ils avaient navigué jusqu'au phare, à l'autre extrémité de l'île. Vraiment, il n'y avait pas de quoi se plaindre.

— Tu passes de bonnes vacances ? demandait Christian.

— Oui, admit-elle.

— Quel enthousiasme !

Laure se sentit obligée d'affirmer qu'elle était contente, qu'il faisait un temps splendide et qu'elle se félicitait d'être là plutôt qu'à Paris. Mais la pensée que Caraes s'y trouvait et ne s'était pas encore manifesté la traversa, douloureuse, insupportable.

— Il n'a pas téléphoné, dit-elle en changeant de ton.

— Tu es impossible à joindre… Le numéro de ton hôtel est toujours occupé…

— Occupé ? Comment ça, occupé ?

— Comment « comment ça, occupé » ?

Laure s'énerva. Elle lui répéta sa question et Christian, patient, expliqua :

— J'ai appelé plusieurs fois le matin et aux heures des repas, comme tu me l'avais conseillé… La ligne est toujours occupée…

Laure sentit que son corps tout entier se détendait. Elle faillit en lâcher le téléphone.

— Lolo, Lolo, tu ne dis plus rien ? s'inquiétait Christian.

— Oh, si !

Et Laure lui expliqua à quel point le silence de Caraes l'avait tourmentée et comment l'explication qu'il venait de lui donner l'apaisait.

Mais un nouveau motif d'inquiétude la fit s'interrompre.

— Qu'est-ce qu'il y a encore ?

— Il y a… que je trouve… qu'il n'a pas beaucoup insisté… voilà.

— Oh, Laure ! Laure ! Laure !

— Quoi, « Laure ! Laure ! Laure ! », tu es bien arrivé à me joindre, toi, dit-elle, agressive.

Christian, calmement, se mit alors à lui énumérer les nombreuses occasions où elle s'était, pour des broutilles, de simples retards, créé d'inutiles soucis. Elle l'écouta, docile comme une enfant à qui on aurait fait la leçon, heureuse que quelqu'un, enfin, lui parle de Caraes. D'entendre son nom, plusieurs fois prononcé, était la preuve que l'homme qu'elle aimait existait et que lui aussi l'aimait, comme s'acharnait à le lui répéter Christian.

— Il va t'appeler, conclut-il avec fermeté.

Laure, confiante, le remercia et s'empressa de lui demander ce qu'elle regrettait de n'avoir pas déjà fait, c'est-à-dire de ses nouvelles. Christian s'assombrit : il avait travaillé jusqu'à l'aube pour que la revue dont il s'occupait fût bouclée à temps et celle-ci, malgré tout, avait pris du retard. Il ajouta que deux rédacteurs venaient de le quitter et qu'il lui fallait en engager d'autres. Il termina en racontant que son réfrigérateur était en panne de même que sa vie sentimentale sur laquelle, pour l'instant, il préférait ne pas s'étendre.

Quand Laure rejoignit la salle à manger, ses amis en étaient au dessert. Elle reprit sa place parmi eux et sourit à Pomme qui mangeait une glace à la pistache et qui feignait d'ignorer son retour.

Elle avait changé son sweat-shirt Mickey contre un sweat-shirt Snoopy. Laure se rappela le verre de vin renversé et lui fit des excuses.

— Ça va pour cette fois, mais je préférerais que tu ne te mettes pas dans des états pareils chaque fois que ton amoureux te téléphone, répondit Pomme, magnanime.

Laure eut un sourire un peu triste.

— Ce n'était pas mon amoureux.

— Allons bon !

Jeanne qui paraissait perdue dans une douce rêverie se tourna vers elle, curieuse et déjà compatissante.

— C'était mon ami Christian, expliqua Laure, celui qui dirige une revue de cinéma.

— Quel Christian ? demanda Jean.

— Mais elle vient de le dire, papa, dit Pomme d'une voix angélique. Et caricaturant Laure : « Celui qui dirige une revue de cinéma. »

Jean paraissait étonné.

— Et l'autre, l'amoureux, celui qui a un drôle de nom, comment s'appelle-t-il déjà ?

— Oh oui ! Comment s'appelle-t-il ? s'empressa de répéter Pomme.

Jean n'arrivait pas à allumer son cigare car un vent léger s'était levé, éteignant chaque fois ses allumettes. Il jeta, furieux, la pochette sur la table.

— Jeanne, aide-moi, trouve-moi quelque chose qui marche et rappelle-moi comment s'appelle ce type.

Jeanne lui tendit un briquet et vit que son amie paraissait très mal à l'aise. Elle eut pitié d'elle, prit son air le plus sévère et exigea des siens un peu plus de discrétion. Mais Pomme n'était pas disposée à changer de conversation.

— Ce Christian, c'est un ex-amoureux ou un futur amoureux ?

Sa curiosité était si aiguë que Laure ne put s'empêcher de rire. Pour toute réponse elle lui pinça la joue et Pomme, agacée, se rejeta en arrière. Elle heurta le bras de son père qui faillit, à son tour, renverser son verre de vin.

— Tu es impossible, gronda-t-il, si au moins tu te tenais droite à table !

Il se leva et força Pomme à le suivre. Un peu à l'écart des dîneurs, il la prit par les épaules et essaya de l'amener, par la respiration, à redresser son dos. L'adolescente se laissait manipuler sans résister, un sourire crispé aux lèvres.

— N'empêche qu'elle a raison, murmura Jeanne.

— Raison de ne pas se tenir droite ?

— Non, raison à propos de ton ami Christian.

Laure la regardait sans comprendre. Jeanne pelait une pêche et paraissait réfléchir. Elle goûta un morceau et tendit le fruit à son amie.

— J'en ai déjà mangé deux quand tu étais au téléphone… Je mange trop, je grossis plus vite que je ne devrais…

Elle se concentra quelques secondes et reprit :

— Christian et toi vous vous aimez, vous êtes tous les deux célibataires, je ne vois pas pourquoi vous n'êtes pas amoureux l'un de l'autre.

— Mais il aime quelqu'un et moi aussi, plaida Laure de plus en plus surprise.

Jeanne se renversa en arrière et fixa son amie avec une expression presque douloureuse. Laure devina qu'elle n'osait pas, de but en blanc, évoquer l'existence de Caraes mais que c'était à cela que tendait son discours.

— Il aime quelqu'un et moi aussi, redit Laure en détachant soigneusement les mots les uns des autres.

— Et si vous y mettiez davantage de bonne volonté ?

Laure ne put s'empêcher de rire.

— Oh, Jeanne, l'amour n'est pas une question de bonne volonté !

— Si.

— Vraiment ? Tu es sûre ?

Elle lui désigna Jean qui s'affairait à redresser le dos de sa fille.

— Tu es sûre que toi et Jean, c'est une question de bonne volonté ?

Mais elle n'écouta pas la réponse de Jeanne et se passa à plusieurs reprises la main dans les cheveux.

— Mon Dieu, pourquoi ne téléphone-t-il pas ? dit-elle d'une voix subitement altérée. Pourquoi ? Pourquoi ? Pourquoi ?

— Les filles, demain vous ne me voyez pas, vous ne me dérangez pas... Je travaille mon texte.

Jean se tenait en haut de l'escalier dans une pose volontairement pathétique.

— En fin de journée, je vous raconterai ce que j'ai perçu du théâtre élisabéthain, je vous parlerai de Marlowe et de Shakespeare. Car, voyez-vous, ce qui différencie mon personnage de... mettons, Othello ou Richard III, c'est...

Jeanne bâilla.

— Demain, dit-elle.

Elle glissa son bras sous celui de Jean, tenta de l'entraîner plus avant dans le couloir. Il se dégagea et se retourna vers Laure qui les suivait en bâillant de façon ininterrompue.

— Redescendons boire un verre, je t'expliquerai en quoi mon personnage est tout à fait à part dans le théâtre de Shakespeare.

Laure, prise de court par cette proposition, ne savait que répondre. Jeanne vola à son secours.

— Le bateau nous a tous épuisés… Viens te coucher, mon amour.

Elle colla son corps contre celui de Jean et le poussa centimètre par centimètre vers leur chambre. Jean l'enlaça à son tour.

— Laure aimerait peut-être que je lui parle de Shakespeare devant un bon armagnac, répondit-il en lui embrassant tendrement les lèvres.

— Bien sûr que non, Laure s'en fiche complètement de Shakespeare, dit Jeanne en lui rendant son baiser.

Ils se tenaient serrés l'un contre l'autre dans le couloir, indifférents aux clients de l'hôtel qui regagnaient leurs chambres. Leur jeunesse et leur beauté les rendaient si sympathiques que le vieil Anglais, qui était leur voisin de palier, leur adressa un jovial « good night ».

— Good night, répondit Laure à leur place.

Elle regagna sa chambre, pressée de se coucher. Elle se sentait inquiète, incertaine. Elle savait tout le mal que Jeanne pensait de son histoire avec Caraes et l'idée que c'était peut-être elle qui avait raison l'épouvantait. Alors elle pensa que cette histoire était finie et que Caraes attendait son retour pour le lui annoncer. Cela expliquerait son silence, silence auquel elle ne voyait tout à coup plus d'autres raisons que celle-ci, tragique, brutale.

Pomme, déjà couchée, un roman de Jack London à la main, lui demanda si elle était malade. Laure faillit répondre que oui mais ne le fit pas. Elle alla près du lavabo, se passa de l'eau sur le visage. Ses yeux, dans le miroir, reflétaient une terreur qu'elle reconnut d'emblée. C'était une terreur d'enfant. Terreur qu'elle avait parfois vue chez elle, mais surtout chez sa douce et brune petite cousine. Un frisson la parcourut. Sa cousine et elle s'étaient aimées puis séparées alors qu'elles avaient l'une et l'autre seize ans. La vie, après, ne les avait que très rarement réunies et toujours dans un contexte familial que Laure avait plutôt coutume de fuir. Elles s'étaient croisées à la fin de l'hiver, lors d'un repas de fiançailles. Laure avait remarqué que sa cousine, délaissant son mari et ses deux enfants, s'était réfugiée dans un coin du salon. Elle avait dans le regard cette terreur que Laure lui avait connue jadis. Mais Laure, égoïste et indifférente, s'était enfuie sans même prendre le temps de lui dire quelques mots ou plus simplement encore de l'embrasser.

Ce soir-là, Caraes l'attendait dans un bar de Montparnasse et cela seul comptait. Ce ne fut que quinze jours plus tard, quand on lui annonça que sa cousine s'était tuée dans un accident de voiture, qu'elle se rappela l'éclat douloureux des yeux noirs.

— Moi aussi, je ne me sens pas bien, dit Pomme.

Elle avait oublié sa pudeur et se présentait nue à son amie. La partie de son corps protégée par le maillot de bain était éclatante de blancheur, mais ses bras, ses épaules et ses jambes étaient d'un rose inquiétant.

— Coups de soleil, diagnostiqua Laure, soulagée de retrouver des problèmes aussi bénins.

Elle fit allonger Pomme sur son lit et la massa avec une crème apaisante. Puis elle la borda et se déshabilla à son tour. Pomme la regardait faire.

— Tu es très mince, mais on a l'impression que c'est mou, dit-elle soudain.

— Comment ça, « mou » ?

— Mou… sans muscles…

Laure enfila rapidement sa chemise de nuit.

— Dis donc, toi…

Le ton de sa voix était si sec que Pomme se dépêcha d'ouvrir son livre et de se concentrer sur un nouveau chapitre.

— Si on ne peut plus rien te dire…

Laure, blessée, ne savait quelle attitude adopter. Elle hésitait entre lui décocher, à son tour, une perfidie bien choisie et la faire s'expliquer davantage. Elle aurait aimé grimper sur la chaise pour examiner son corps dans le miroir qui se trouvait au-dessus du lavabo. Mais il y avait Pomme qui la surveillait, embusquée derrière *Croc-Blanc*.

— Je n'ai pas dit que tu étais moche, dit celle-ci prudemment.

— Trop aimable.

Laure n'avait plus envie d'échanger quoi que ce soit avec Pomme. Elle prit son livre et vit avec tristesse qu'elle approchait de la fin. Cela faisait trois jours qu'elle le lisait, trois jours durant lesquels elle avait attendu en vain un appel de Caraes.

— Assez ! cria-t-elle en donnant un coup de poing dans son oreiller et en jetant à terre l'espèce de duvet qui lui tenait lieu de couverture.

Pomme, dans le lit jumeau, sursauta.

— Qu'est-ce que j'ai encore fait ? dit-elle.

Laure haussa les épaules, décidée à l'ignorer. Elle ouvrit son livre, le referma. Sur le mur, juste au-dessus de ses pieds, le téléphone attirait irrémédiablement ses regards. Cette vision l'exaspéra tant qu'elle décréta qu'il était l'heure de dormir. Pomme ne s'y opposa pas et elle éteignit la lumière.

Dans l'obscurité, Laure garda les yeux ouverts, à l'affût des bruits qui montaient de la cour. Un groupe d'Allemands y buvait un dernier verre et profitait de la fraîcheur de la nuit.

— Tu es triste ? demanda soudain Pomme.

— Oui.

— À cause de ton amoureux ?

— Oui.

— Il n'a pas téléphoné ?

— Non.

Laure sentait monter en elle une envie de pleurer qu'il lui fallait à tout prix contenir. Elle se tourna et se retourna dans son lit à la recherche d'une position plus agréable. Elle finit par dire, avec une désinvolture exagérée destinée à tromper Pomme :

— Ça va aller, t'inquiète pas. Un de perdu, dix de retrouvés…

— Bien sûr, mais…

Pomme hésitait, cherchant ses mots.

— … mais, est-ce que je peux te poser une question ?

Laure émit un grognement qui n'était ni un oui ni un non, mais qui suffit à sa petite amie.

— J'aimerais savoir comment s'appelle ton nouvel amoureux, dit-elle d'une traite.

— Jacques.

— Jacques comment ?

— Jacques Caraes.

Pomme eut un sifflement d'admiration.

— Caraes, comme une caresse ?

— Non, ça se prononce comme caresse, mais ça s'écrit CARAES.

Pomme était impressionnée.

— C'est joli.

— C'est breton.

Elles rirent en même temps et Laure sentit à quel point elle avait envie de parler de Caraes, de raconter leur rencontre.

Cela se passait lors d'une visite organisée des châteaux de la Loire où un ami commun les avait l'un et l'autre entraînés. Dans une certaine chapelle dont elle avait oublié le nom, il avait posé sa main sur son poignet, la retenant ainsi à l'écart des visiteurs. Son geste, possessif mais très doux, l'avait troublée et elle était restée à écouter ses vagues explications sur la composition des vitraux. De retour à Paris, il lui avait aussitôt téléphoné. Ils s'étaient revus une heure, le temps de boire un verre de vin dans un café de la rue de Rivoli.

— Mais je devais partir en province, alors, tu sais ce qu'il a fait ?

Un imperceptible grognement lui répondit.

— Pomme ? appela Laure en haussant la voix.

N'obtenant pas de réponse, elle se pencha vers le lit jumeau. Pomme, nue, un oreiller collé sur le ventre, dormait d'un sommeil profond qui allait la mener jusqu'au matin.

— Quelle barbe, Pomme, moi qui avais envie de tout te dire !

Le lendemain matin, quand Laure ouvrit les volets, elle vit un ciel chargé de nuages. Elle s'en réjouit : un temps gris calmerait ses coups de soleil et serait plus en accord avec son chagrin si Caraes, par malheur, n'appelait pas.

— Ohé !

Jeanne, sous sa fenêtre, agitait les bras. Elle s'apprêtait à prendre son petit déjeuner et encourageait son amie à la rejoindre. Dehors, il faisait frais. Laure le sentit tout de suite en traversant la cour. Les quelques vacanciers déjà levés s'étaient munis de chandails et surveillaient, inquiets, le passage des nuages. Jeanne feuilletait un quotidien régional à la recherche de la rubrique météo.

— « Cet après-midi, beau temps sur l'ensemble de la France », lut-elle à haute voix.

Elle reposa le journal et raconta son rêve de la nuit : elle avait accouché, dans une synagogue, d'un enfant noir.

— Tu y comprends quelque chose ?

— Non.

Laure se servit une tasse de café en écoutant Jeanne lui relater ce qu'elle avait appris sur les différents régimes des femmes enceintes. Jeanne, depuis leur départ en vacances, parcourait tous les livres traitant de ce sujet et ce qu'elle en retenait la rendait perplexe.

— Je ne fais pas assez d'exercice et je mange trop.

Laure, que cette conversation n'intéressait guère, lui suggéra, à tout hasard, de supprimer les tartines et les croissants. Cette proposition indigna Jeanne.

— Mais où as-tu la tête, m'enlever un tel plaisir !

Laure eut envie de lui répondre que sa tête comme son cœur étaient ailleurs, à Paris. Mais Jeanne, déjà, parlait d'autre chose. Elle calculait le temps qu'il lui faudrait pour se doucher, remplir les formulaires de la Sécurité sociale et écrire ses premières cartes postales.

— Il sera alors midi, les nuages se seront dissipés et nous pourrons aller sur la plage. Qu'en penses-tu ?

Laure approuva.

De retour dans sa chambre, elle trouva Pomme habillée et sur le point de descendre.

— Ensuite, je remonterai ici faire mes devoirs de vacances et, comme je répondrai au téléphone, tu pourras aller te promener, dit-elle.

Sa bonne volonté fit sourire Laure.

— Hum, tu es bien serviable, ce matin…

Pomme s'observait dans le miroir avec une satisfaction naïve qui tranchait sur son habituelle mauvaise humeur. Elle s'était lissé les sourcils, aspergée du parfum de Laure et s'extasiait sur un tube de rouge à lèvres.

— Tu me le prêteras ?

— Oui, si tu es sage…

Transportée de joie, Pomme sauta au cou de Laure et l'embrassa.

— Je t'adore, dit-elle.

Un quart d'heure après, elle revenait en chantonnant, dans la chambre. Laure, qui s'était allongée sur son lit, la regarda, amusée, sortir de son cartable les cahiers et les livres nécessaires à ses devoirs de vacances. Pomme était une très bonne élève et l'étude comme l'école faisaient partie de ses plaisirs. Il n'en avait pas été de même pour Laure qui, à trente-sept ans, se félicitait encore d'en avoir terminé avec la rentrée des classes. Elle pensa que sa cousine devait, chaque mois de septembre, éprouver un semblable sentiment de délivrance et se rappela, alors, qu'elle n'était plus. D'avoir pu oublier, l'espace d'une seconde, la mort de sa brune et sombre cousine, la bouleversa. La vision de Pomme, attablée devant ses devoirs de vacances, lui devint alors insupportable. Elle s'enfuit.

Sur la terrasse, des jeunes gens et jeunes filles employés par l'hôtel achevaient de nettoyer les tables et d'aligner les chaises longues.

Le vieil Anglais, installé dans un fauteuil en osier, les genoux recouverts d'une légère couverture, lisait un roman d'Henry James. Quand Laure passa devant lui, il la salua d'un sonore « good morning ». Elle lui répondit, heureuse d'échanger quelques mots avec une personne étrangère.

Dans un français hésitant et imagé, il lui demanda si elle se plaisait sur l'île.

— Ce sont de merveilleuses vacances, dit-elle avec fermeté.

Il lui confia qu'il venait dans cet hôtel depuis plus de quinze ans et s'excusa : c'était l'heure de sa promenade, il la reverrait sans doute à un autre moment de la journée. Laure lui souhaita une bonne fin de matinée et remonta dans sa chambre pour y chercher un livre.

Elle y surprit Pomme, à genoux sur son lit, la main posée sur le téléphone.

— Je viens de faire une bêtise, dit-elle confuse, c'est pas ma faute…

Laure se précipita sur elle.

— C'était un appel pour toi… un homme… Caraes, je crois… J'ai voulu dire qu'on te passe la communication sur la terrasse et…

Laure la prit par les épaules et la secoua.

— Et ?

— Et j'ai fait une fausse manœuvre et j'ai raccroché. Voilà.

— Espèce de gourde, cria Laure en la repoussant brutalement vers l'autre lit.

Pomme voulut protester mais Laure, dans un accès de colère incontrôlable, lui jeta à la tête une paire d'espadrilles. Pomme roula à terre pour les esquiver et s'aplatit derrière la petite table où s'alignaient ses devoirs de vacances.

— Tu es folle, dit-elle, cherchant à faire la brave.

Cette phrase ne fit que renforcer la fureur de Laure. Elle ouvrit grande la porte de la chambre.

— Fiche le camp… dehors… sale gourde !

Pomme, pétrifiée, ne bougeait pas.

— Dehors ! hurla Laure en faisant un pas dans sa direction.

L'adolescente, terrifiée, se releva et en deux bonds fut dans le couloir. Laure l'écouta dévaler l'escalier. Elle vit alors deux enfants que ses cris avaient alertés et qui la regardaient stupéfaits. Il lui sembla qu'eux aussi allaient se mettre à hurler.

— C'est un jeu, s'empressa-t-elle de dire.

Ils l'observèrent encore quelques secondes, indécis, puis, sans un mot, regagnèrent leur chambre. Laure fit de même.

Sa colère était tombée mais elle se sentait si lasse qu'elle éprouva le besoin de s'étendre. Tremblante, au bord des larmes, elle attendait que Caraes rappelle. Mais Caraes ne rappelait pas.

— Ça va pas ?

Jeanne se tenait sur le pas de la porte, prête à partir pour la plage. Laure fit une vague grimace.

— Bouh ! Quelle frileuse ! C'est parce qu'il fait moins beau qu'hier que tu boudes ?

Trop contente d'avoir une excuse, Laure confirma. Mais son amie parut alors si désolée qu'elle changea d'avis.

Elles prirent, silencieuses, le chemin qui menait à la plage blanche. Pomme les rattrapa alors qu'elles installaient leurs serviettes sur le sable. Elle tenait à la main un bout de papier qu'elle agitait devant Laure, un méchant sourire aux lèvres.

— Tu l'as encore raté, dit-elle en laissant tomber le papier sur le sol.

Laure le ramassa et lut : « M. Jacques Caraes a téléphoné, il rappellera dans la journée. »

— Pas de veine, hein ? persiflait Pomme que la présence de Jeanne rendait téméraire.

Mais Laure avait glissé le papier dans la poche de son short et contemplait l'arrivée, près du rivage, d'un petit bateau de croisière. Une joie paisible illuminait son visage. Elle demanda à Pomme si elle connaissait le nom du bateau.

— C'est un sloop. Allons le voir de plus près.

Pomme, un peu surprise par ce changement de ton et d'attitude, consentit à suivre la jeune femme.

— Le sloop mesure dix, douze mètres et peut avoir à son bord cinq à dix passagers, expliqua Laure. Ce que tu vois sur sa droite est un dériveur, et là-bas, ce drôle de bateau qui arrive à toute vitesse, qu'est-ce que c'est ?

— Un trimaran ?

— Imbécile, c'est un catamaran.

L'adolescente se rembrunit et fit un pas de côté. Laure la prit par le bras.

— Pardon pour tout à l'heure, dit-elle dans un souffle.

Pomme se dégagea avec brusquerie. Du coin de l'œil, elle surveillait et Laure, et le ciel.

— Regarde, dit-elle enfin, les nuages s'en vont, il va faire beau.

La journée s'écoula comme s'étaient écoulées les précédentes. Laure rata deux autres appels de Caraes mais ne s'en plaignit pas : il avait téléphoné, il téléphonerait à nouveau, elle en était sûre désormais. Elle venait de se changer et s'apprêtait à descendre pour le dîner lorsque la sonnerie du téléphone mural la fit sursauter. Pomme qui se trouvait à côté eut un geste pour attraper le combiné.

— Ah non ! Tu ne vas pas recommencer ! aboya Laure.

Elle attendit que la porte se referme et d'une voix que l'émotion rendait méconnaissable, demanda :

— Allô ? Qui est à l'appareil ?

— Jacques Caraes, je voudrais parler à Laure.

— Caraes, Caraes, mon Caraes…

Pendant plusieurs minutes, ils parlèrent en même temps, ne s'écoutant pas, pressés de se dire combien ce silence de quatre jours les avait fait souffrir. Laure lui raconta ses heures d'attente, Caraes lui énuméra les nombreuses fois où il avait tenté de l'appeler et où, toujours, le numéro qu'elle lui avait donné sonnait occupé.

— Ce n'était donc que ça, dit Laure.

— Bien sûr, que voulais-tu que ce soit ?

Laure se retint de lui avouer à quel point elle s'était crue rejetée et oubliée. Caraes, lui, essayait de savoir si elle s'était fait de nouveaux amis.

— Mais non, mais non, protestait Laure.

— Quoi ? Pas de soupirants pour t'emmener faire un tour en mer ?

— Non.

— Humm…

Elle rit de son obstination et lui posa à son tour quelques questions sur son travail. Il lui décrivit les scènes qu'il avait écrites depuis son départ et lui exprima le souhait qu'elle les lise dès son retour. Puis il lui annonça qu'il partait pour l'Italie avec son fils et qu'il ne serait pas à Paris avant le début de la semaine.

— Je t'appellerai donc lundi.

Laure compta que cela ferait à nouveau quatre jours de silence et en fut atterrée. Mais Caraes, heureusement, lui disait à sa manière, maladroite et hésitante, qu'il s'ennuyait d'elle et qu'il commençait à trouver un peu long son séjour dans l'île. Laure lui décrivit alors la plage blanche sous la lune et son regret de ne pas pouvoir s'y trouver avec lui.

À sa question : « Est-ce que je te manque autant que tu me manques ? », il répondit par un : « Humm, humm », qui, elle le savait, était un oui. Il y eut ensuite un silence durant lequel chacun attendit de l'autre quelque chose qui ne fut pas exprimé. Caraes, comme s'il en avait trop dit, raccrocha le premier. Laure resta quelques secondes figée, étourdie.

Un craquement de plancher lui fit relever la tête : Pomme se tenait dans l'entrebâillement de la porte et l'observait.

— Oui ? demanda Laure.

— Papa te fait dire que ta coupe de champagne est servie…

Laure se brossa les cheveux et se mit du rouge à lèvres. Une gaieté soudaine la faisait chantonner et sourire à son image dans le miroir. Image qu'elle jugeait très séduisante, sans aucun rapport avec l'image entr'aperçue, dans ce même miroir, quelques heures auparavant. Pomme, toujours immobile, ne perdait rien de ses faits et gestes.

— Tout va bien ? dit-elle.

— Tout va bien.

— C'était… lui… ?

— Oui.

Laure prit un chandail et son paquet de cigarettes.

— Tu aimerais savoir ce qu'on s'est dit ?

Pomme, qui la suivait, tressaillit de contentement et Laure, à mi-voix, entonna :

— « Et la marmotte dit à l'écureuil
Depuis trois mois je n'ai pas fermé l'œil.
Marmotte vous mentez, voici venir l'été… »

— « … Les oiseaux vont chanter dans la nature
Aimons nos pères, nos mères, la vie et le Bon Dieu
Et puis les femmes, les femmes, les femmes
Qui ont les yeux bleus ! »

chantaient Laure et Jeanne à tue-tête en descendant le chemin qui menait aux plages. Comme tous les jours depuis plus d'une semaine, elles s'étaient levées tôt et avaient pris, ensemble, leur petit déjeuner. Pendant ce temps Jean jouait au tennis avec les serveurs du restaurant et Pomme, envers et contre tous, dormait. Il avait fait très beau, la mer s'était réchauffée. Laure, disciplinée, nageait le plus longtemps possible et sentait qu'elle faisait, presque malgré elle, des progrès. Son corps avait pris une teinte dorée qui provoquait la jalousie de Pomme et l'admiration de Jean.

Jeanne, elle, triomphait : ces vacances avaient ressuscité son amie et lui avaient redonné l'indispensable bonne mine. Mais pour l'instant elle s'attristait.

— Dire qu'on est lundi... C'est affreux de quitter ce paradis samedi...

Elle s'aperçut que Laure, toujours chantonnante, ne l'écoutait pas, et changea de conversation.

— La plage blanche ?

— La plage noire ? proposa Laure.

Jeanne fit une grimace et s'engagea dans l'étroit sentier qui menait à la plage blanche.

— Pomme m'a dit qu'il y avait des méduses...

Laure se retourna et regarda la plage noire qu'effectivement, méduses ou pas, les vacanciers paraissaient bouder.

— Mais nous n'y sommes pas allées une seule fois...

— Il nous reste cinq jours, lui cria Jeanne qui était arrivée sur la plage blanche et qui avançait, gracieuse comme une ballerine, son gros ventre moulé dans un paréo aux couleurs vives.

Quelques personnes, pour la regarder passer, se redressaient sur leurs coudes. Laure s'en aperçut et le signala à son amie. Celle-ci éclata d'un rire joyeux.

— Une baleine comme moi, tu es folle... C'est toi qui les intéresses.

— Non, c'est toi.

— Mais non... L'Italien, par exemple, il ne te quitte pas des yeux.

Jeanne lui désigna un homme d'une quarantaine d'années qui, lorsqu'elles étaient passées devant lui, leur avait fait un petit signe de la main. Il séjournait à l'hôtel avec sa femme, son fils et un couple d'amis. Leur table était voisine de celle de Laure et de Jeanne. Comme il changeait de tenue plusieurs fois par jour, portait une montre en platine et suivait assidûment les cours de la Bourse, Jean en avait déduit qu'il était un riche homme d'affaires. Laure, de son côté, avait remarqué qu'il nageait le crawl matin et soir, qu'il ne fumait pas et qu'il buvait de l'eau minérale.

— À mon avis, tu lui plais, insistait Jeanne.

— Moi, il ne me plaît pas...

— Pourquoi ?

Laure chercha les raisons qui la faisaient si peu s'intéresser au bel Italien. Elle pensa à Caraes, à son visage d'homme fatigué par l'alcool, le tabac et les insomnies et fut alors en mesure de répondre.

— Il prend trop soin de lui.

Les deux amies étaient parvenues à cette partie de la plage, près des rochers, où elles avaient l'habitude de s'installer. Elles étendirent leurs serviettes et s'y allongèrent. Jeanne contemplait, songeuse, celle de Laure qui portait le nom d'un hôtel de Saint-Malo.

— Si je me souviens bien, tu l'avais volée avec Thierry.

— Oui, nous revenions de deux jours en mer, et…

Elle ne termina pas sa phrase. Jeanne, d'ailleurs, ne se souciait plus de cet épisode lointain et cherchait, dans son sac, le roman que Laure avait terminé et qu'à son tour elle lisait.

Laure, couchée sur le ventre, put, enfin, tout à son aise, repenser au coup de téléphone matinal qu'elle avait reçu de Caraes, quelques heures auparavant. Il revenait d'Italie et l'avait appelée, à peine descendu d'avion. D'emblée, il lui avait dit à quel point elle lui manquait.

Laure l'avait écouté, bouleversée. Mais à ses questions, elle s'était montrée aussi joyeuse qu'évasive. Elle lui avait caché à quel point elle s'ennuyait de lui, avait exagéré le plaisir qu'elle éprouvait à se sentir en vacances. Elle avait décrit la beauté de l'île, ses promenades en mer et les coupes de champagne, sur la terrasse avant le dîner. « Tu y retournerais avec moi ? » avait-il dit, timide, avant de lui demander quand elle pensait rentrer à Paris. Cette dernière question l'avait ravie, et elle s'en réjouissait encore trois heures après, couchée sur sa serviette-éponge. Elle avait eu la coquetterie de lui répondre qu'elle ne savait pas encore, que son retour se situerait, peut-être, aux alentours du 14 juillet. Mais maintenant sa décision était prise.

— Jeanne ?

— Humm ?

— Nous quittons l'hôtel le 13 pour aller à Avignon ?

— Humm…

Jeanne tournait les pages du roman, complètement absorbée par sa lecture. Laure remit à plus tard de lui annoncer qu'elle les quitterait le 14 juillet et rentrerait en train à Paris. À Paris où, elle en était persuadée, Caraes l'attendrait gare de Lyon. « Rendez-vous le 14 juillet, en fin d'après-midi », voilà ce qu'elle lui dirait quand elle lui parlerait de nouveau. Car Caraes, avant de raccrocher, lui avait promis de rappeler le soir même et le lendemain, et le surlendemain, et ainsi de suite jusqu'à ce qu'il la tienne dans ses bras. Laure en avait été si émue qu'elle n'avait rien su répondre et cela avait paru inquiéter Caraes. Mais d'ici quelques heures, elle saurait lui montrer à quel point elle tenait à lui. Elle se l'imagina alors l'accueillant sur le quai de la gare de Lyon. Il serait vêtu, comme à l'ordinaire, d'une veste et d'un pantalon un peu fripés et aurait peut-être négligé de se raser. Il lui prendrait le bras, la déchargerait de son lourd sac de voyage et lui parlerait de n'importe quoi pour cacher son émotion. Laure ferait de même. Ce ne serait que chez elle qu'enfin ils s'embrasseraient. À moins que ce ne soit avant, dans le taxi. Ou dans le métro.

D'évoquer leurs futures étreintes l'exaspéra. Elle s'agita sur sa serviette comme elle l'aurait fait dans un lit.

— Tu es bien énervée, qu'est-ce qui t'arrive ? demanda Jeanne.

Laure préféra mentir.

— Je pense à mon film, et j'ai peur, tout à coup, qu'il ne se fasse pas.

Jeanne referma son livre et se retourna vers son amie.

— Je ne vois pas pourquoi tu te gâcherais la journée avec de pareilles sottises.

Elle se mit debout et scruta l'autre bout de la plage, les mains en visière pour se protéger du soleil.

— Je ne vois ni Jean ni Pomme… J'espère qu'ils ne sont pas en train de se chamailler…

Laure se releva à son tour, désireuse d'aller se baigner. Elle avait calculé qu'il lui restait cinq jours de vacances et elle voulait en profiter le mieux possible. Il fallait que Caraes la trouve belle comme il ne l'avait jamais vue auparavant.

— Est-ce que je suis jolie ? dit-elle, soudain inquiète.

Jeanne, qui s'apprêtait à la suivre dans l'eau, trébucha, prise de fou rire.

— C'est de penser à ton Caraes qui te rend aussi bécasse ?

Laure se sentit rougir et baissa la tête.

— Si tu crois que je ne te devine pas, continuait Jeanne, que je ne vois pas tes mines de chatte enamourée…

Elle progressait lentement dans la mer, se mouillant peu à peu le corps, les mains, à l'écoute de son ventre.

— Il a téléphoné ce matin, dit Laure, tout va bien…

Jeanne lui sourit.

— Tant mieux.

Elles nagèrent un moment, proches et silencieuses, entre les voiliers et les barques qui mouillaient pour la journée.

D'une goélette leur parvint un appel : un grand jeune homme aux cheveux frisés les invitait à boire un pastis à son bord. Jeanne remercia avec chaleur, expliqua qu'elle ne buvait pas d'alcool et que le père de son futur enfant l'attendait.

— Vas-y, toi, souffla-t-elle à Laure.

— Toute seule ? Je n'oserais pas…

Sur le pont du bateau, l'inconnu attendit quelques instants puis, lassé, leur tourna le dos. Il héla une autre nageuse qui faisait la planche un peu plus loin.

Pendant le déjeuner, Jeanne raconta comment elles avaient failli boire l'apéritif sur un splendide douze mètres.

— C'était une goélette, rectifia Laure.

— Et alors ? Quelle différence ?

— Un douze mètres n'est pas un voilier de croisière mais un voilier de compétition.

Jean la regarda avec amitié.

— Il t'en a appris des choses, ton Thierry, dit-il.

Et se tournant vers Jeanne :

— Et toi, mon amour, est-ce que je t'ai appris quelque chose, à part les joies du sexe ?

— « Les joies du sexe », répéta Pomme incrédule.

Jeanne négligea de répondre et attaqua avec appétit le rouget qu'on venait de lui servir. Son plaisir était tel que Laure ne put s'empêcher de sourire. Jean se méprit.

— Vous devez vous en faire des confidences, toutes les deux…

— Nous ? Des confidences ? demanda Jeanne étonnée.

Pomme n'aimait pas le poisson et grignotait tous les morceaux de pain qui se trouvaient à sa portée. Son père s'en aperçut et lui en fit la remarque. Elle acheva, hautaine, celui qu'elle avait dans la bouche et fit mine de s'intéresser à autre chose.

— Comment était-il, le jeune homme du voilier ?

— Très beau : grand, mince et musclé, répondit Jeanne.

— Et bronzé ?

— Oui, bronzé.

Laure n'écoutait qu'à moitié ce qui se disait autour d'elle. Elle pensait qu'elle se trouvait en vacances dans un endroit magnifique avec ses meilleurs amis et qu'à Paris Caraes attendait son retour.

L'idée qu'il allait la rappeler et qu'elle pourrait à nouveau lui parler la fit soupirer de bonheur.

— Je suis heureuse, dit-elle à haute voix.

Mais heureuse, elle le fut moins le lendemain et encore moins le surlendemain.

C'était jeudi soir. Laure était à moitié assise dans une chaise longue, prête à bondir à chaque sonnerie de téléphone. À plusieurs reprises déjà, elle s'était levée, certaine que c'était elle qu'on venait chercher.

Pour se donner une contenance, elle avait commandé un verre de vodka, puis un deuxième, et enfin un troisième. L'alcool lui mettait le feu aux joues et l'aidait, croyait-elle, à conserver son calme. En fait elle se rongeait les ongles, fumait cigarette sur cigarette et n'entendait même pas la proposition de promenade que lui faisait Jeanne.

— Oh oui ! Une promenade sur la plage ! approuva Pomme avec enthousiasme.

Elle avait retiré son walkman et piaffait d'impatience, excitée par la nuit, ses bruits et ses odeurs. Jean et Jeanne avaient eux aussi quitté leurs sièges et attendaient que Laure, toujours prostrée dans sa chaise longue, veuille bien se lever.

— Une promenade ? Ça te dirait ? insistait Jeanne.

Laure secoua négativement la tête. Pomme la tira par le bras.

— Viens… dit-elle de sa voix la plus câline.

La jeune femme se dégagea et se renfonça, plus profondément encore, dans sa chaise longue.

— Il fait trop froid, dit-elle en manière d'excuse.

— Je monte te chercher un chandail, proposa aussitôt Pomme.

Mais Laure l'en empêcha. Elle commanda un quatrième verre de vodka et encouragea ses amis à aller sans elle voir la lune se lever au-dessus de la mer.

— J'attends un coup de fil.

Elle avait prononcé cette phrase d'une si pitoyable façon que Jean et Jeanne s'éloignèrent de quelques mètres pour décider ce qu'il convenait de faire.

Pomme cherchait à rencontrer le regard fuyant de Laure et accusait :

— Tu es une égoïste, une méchante égoïste.

Laure ne répondit pas et avala une nouvelle gorgée d'alcool qui la fit tousser. Une main se posa sur la sienne et lui enleva le verre de vodka. C'était Jeanne, à nouveau étendue dans la chaise longue voisine de la sienne.

— Arrête de boire.

Elle lui désigna les silhouettes de Jean et de Pomme qui disparaissaient au détour du chemin, en direction des tennis.

— Finalement, ils feront une promenade en tête à tête…

Laure esquissa un demi-sourire.

— Tu restes pour me tenir compagnie ?

Jeanne haussa les épaules et commanda un tilleul-menthe. Laure alluma une cigarette au mégot de la précédente et reprit un verre de vodka. Elle en but un peu, frissonna de dégoût.

— Je n'arrive pas à savoir si j'aime ou si je n'aime pas l'alcool, dit-elle.

— Eh bien, abstiens-toi, alors, répondit Jeanne avec humeur.

Elles se turent, subitement hostiles l'une à l'autre.

Autour d'elles, comme chaque soir, les parents rappelaient à leurs enfants qu'il était temps d'aller se coucher. Une jeune femme enceinte traînait de force son petit garçon de quatre ans. En passant devant Jeanne, elle lui demanda si elle n'avait pas été, durant ces derniers jours, incommodée par la chaleur. Jeanne lui expliqua à quel point le soleil lui était indispensable et elles se souhaitèrent une bonne nuit.

— La pauvre, n'aimer que l'Atlantique et venir passer ses vacances ici…

Elle se palpa les seins et le ventre.

— Tu crois que je suis trop grosse ? Cette dame est comme moi enceinte de six mois et…

Elle ne termina pas sa phrase. Laure venait de jeter rageusement son paquet de cigarettes roulé en boule et, ce faisant, avait renversé ce qui restait de son verre de vodka.

— J'en ai marre, marre, marre, dit-elle.

— Marre de quoi ?

— Marre qu'il n'appelle pas.

Jeanne, déconcertée par la soudaine violence de son amie, cherchait quoi lui répondre. Mais celle-ci avait hélé le serveur, commandé un autre verre et continuait ses plaintes.

— Je ne comprends pas ce qu'il veut, ce qu'il cherche. Il téléphone lundi d'Orly, tendre, amoureux. Il me dit qu'il va m'appeler tous les jours. Mardi : rien, mercredi : rien…

Son amie lui coupa la parole.

— Mais ce sont des choses qui arrivent. Tu m'as dit toi-même qu'il travaillait beaucoup.

— … jeudi : rien. Alors moi je lui téléphone et…

Sa voix se brisa. Elle but une nouvelle gorgée de vodka puis se prit la tête entre les mains. Jeanne la regardait faire avec un mélange de pitié et d'exaspération.

— Et… ? répéta-t-elle.

Laure se redressa. La sonnerie du téléphone venait de résonner dans le hall de l'hôtel. La jeune réceptionniste se promena entre les tables jusqu'à ce qu'elle trouve le groupe des Italiens. Le plus âgé des deux hommes se leva et la suivit, nonchalant et affable. Laure se laissa retomber dans sa chaise longue, se cogna le coude contre le montant en bois et demanda :

— Où en étais-je ?

— Au coup de téléphone que tu lui as donné cet après-midi.

Laure se concentra quelques secondes.

— Oui… C'est ça, dit-elle d'une voix pâteuse, il a prétendu qu'il était sur le point de m'appeler…

— Mais c'est sans doute vrai, l'interrompit Jeanne avec impatience.

— Vrai ?

— Mais oui.

Laure parut un instant troublée par cet argument puis se ressaisit.

— Admettons. Mais il était sec et désagréable, il a dit qu'il ne pouvait pas me parler et qu'il me rappellerait ce soir à vingt heures.

Elle donna un coup de poing sur la table et faillit à nouveau renverser et le verre de vodka et la tasse de tilleul-menthe.

— À vingt heures ! répéta-t-elle en criant presque.

— Laure… appela Jeanne gentiment.

— À vingt heures et il est presque vingt-trois heures !

Elle avala son verre d'un trait et, malgré les protestations de son amie, en commanda un nouveau. Le serveur antillais avec qui les deux jeunes femmes avaient sympathisé dès les premiers jours, approuvait, joyeusement complice.

— Eh bien, dites-moi, c'est la fête ce soir !

— Ouais, la fête, répondit Laure en faisant le geste de porter un toast.

— Ça t'amuse de te soûler ? demanda Jeanne, sévère, une fois que le serveur se fut éloigné.

— Je ne me soûle pas, j'examine ma vie, répondit sentencieusement Laure.

Jeanne se tut quelques secondes, sans chercher à dissimuler son agacement.

— Nous sommes jeudi et nous quittons cet hôtel samedi, dit-elle. Cela fait trois jours que tu te gâches de belles journées en attendant un coup de téléphone... Ça suffit maintenant.

Elle prit Laure par les épaules et la força à lui faire face.

— Ça suffit, tu m'entends ?

Laure approuva du menton. Elle ne savait plus si elle avait envie de pleurer ou de se fâcher. Elle s'excusa et annonça qu'elle allait monter se coucher.

— Excellente idée, applaudit Jeanne, je dirai à Pomme de ne pas faire de bruit...

À peine arrivée dans sa chambre, Laure s'affala sur le lit. La tête lui tournait mais elle se jurait qu'elle n'était pas ivre. Elle ferma les yeux plusieurs minutes, attentive aux battements désordonnés de son cœur. Quand elle les rouvrit, ce fut pour apercevoir le téléphone mural. Alors sa décision fut prise : puisque Caraes n'appelait pas, elle appellerait Caraes.

À Paris, quelqu'un décrocha et une voix de femme se fit entendre.

— Allô ?

Laure crut qu'elle allait défaillir. Elle prit une longue respiration et parvint à articuler :

— Je voudrais parler à Jacques Caraes, s'il vous plaît.

— De la part de qui ?

Cette question l'affola.

— De la part de qui ? s'impatientait la voix.

— De Clara, mentit Laure en donnant le premier prénom qui lui passait par la tête.

Il y eut un silence.

— Ne quittez pas, finit par dire la voix, je vais voir s'il est là.

Une minute s'écoula durant laquelle Laure eut tout le loisir de regretter son geste. Elle pressentait que la femme à qui elle venait de parler n'était pas dupe et l'avait devinée. Sa ruse lui parut minable. Elle n'était pas Clara mais Laure, et cette Laure-là était en train d'accumuler les bêtises. Affolée, désespérée, elle allait raccrocher quand elle entendit la voix de Caraes.

— Oui ?

— C'est Laure, dit-elle dans un souffle.

— J'avais compris.

Il lui expliqua qu'il rentrait juste d'un dîner et qu'il s'apprêtait à l'appeler. Il s'excusa d'avoir tant tardé et lui demanda comment elle allait. Sa gentillesse polie accabla Laure qui se sentit encore plus misérable qu'auparavant. Alors elle se mit à improviser une histoire : des gens l'avaient invitée sur un voilier et avaient voulu la faire participer à une partouze. Tant et si bien qu'elle avait dû se jeter à la mer et regagner le rivage à la nage.

— Mais c'est épouvantable... Qui sont ces gens ?... Tu es sûre que tout va bien ? balbutiait Caraes.

Laure, lancée dans ses mensonges, continuait son récit, inventait, se contredisait, s'embrouillait.

— C'est à cause de toi, dit-elle, soudain accusatrice.

— De moi ?

— De toi. Si tu me téléphonais, si tu te préoccupais de moi, je n'aurais pas besoin d'aller chercher des consolations ailleurs...

Elle hésita, cherchant ce qu'elle pouvait dire d'encore plus percutant.

— ... D'ailleurs, ils m'ont invitée à les suivre en Corse, et peut-être bien que j'irai...

— Je ne comprends pas, protestait Caraes, tu me dis que ces gens ont failli te violer, et tu veux partir en Corse avec eux ?

Laure sentit que la chambre commençait à tourner autour d'elle et comprit que la vodka l'avait bel et bien soûlée.

— Humm, humm, humm, marmonna-t-elle, incapable d'en dire davantage.

Mais Caraes, au téléphone, était très en colère.

— Quand rentres-tu ?

Elle répondit évasivement, moins par jeu que par impuissance. Les mots se dérobaient, elle ne savait plus où elle en était dans l'absurde fiction qu'elle avait inventée. Il répéta sa question.

— Dimanche 14 juillet… peut-être, finit-elle par dire.

— « Peut-être », parce que « peut-être » tu vas partir en Corse ?

Malgré son ivresse, elle avait conscience de sa fureur et s'en réjouit : ainsi il était jaloux, ainsi il l'aimait. Elle eut un long soupir de bonheur qui ne fit qu'accroître l'exaspération de son ami.

— Écoute-moi bien, Laure, je ne comprends rien à cette histoire mais il va falloir que tu t'expliques. Tu vas rentrer le 14, et je viendrai te chercher à la gare. Par quel train arrives-tu ?

— Humm… Sais pas…

— Tu fais ta réservation demain matin… Je te rappelle… Et on s'explique dès que tu as mis les pieds gare de Lyon.

Sa voix, hargneuse et menaçante, commençait à impressionner Laure. Mais l'alcool faisait son effet et elle sentit que, malgré ses efforts pour demeurer éveillée, elle commençait à s'assoupir.

— Tu m'entends ? criait Caraes.

— Ouais, ouais, ouais, dit Laure à moitié endormie.

— Alors à demain.

La violence avec laquelle il raccrocha ne la fit même pas sursauter. Elle reposa avec beaucoup de difficulté le combiné de son propre téléphone et se glissa tout habillée dans son lit. « Il m'aime », pensa-t-elle, émerveillée.

Jeanne avait écouté son amie, partagée entre le fou rire et l'indignation. Laure venait de lui relater son coup de téléphone nocturne, ses mensonges et les réactions de Caraes. Elle avait pris une douche, avalé trois comprimés d'aspirine et commençait à se sentir mieux. Elle se souvenait d'avoir éprouvé, à son réveil, un sentiment de honte, mais ce sentiment s'était vite transformé en un profond étonnement : comment avait-elle pu improviser cette histoire, elle qui, d'ordinaire, ne mentait jamais ? C'est ce point-là aussi qui surprenait Jeanne.

— Je n'en reviens pas… Toi, aller imaginer des choses pareilles…

Laure baissa la tête, gênée.

— Je ne sais pas ce qui m'a pris, dit-elle.

— Et il t'a crue ?

— Oui.

— Même ta fuite à la nage ?

— Oui, même ça.

— Incroyable… Mais tu n'as pas peur des conséquences de tes mensonges ?

— Quelles conséquences ?

— Qu'il ne veuille plus te voir, par exemple ?

Laure tressaillit. Cette pensée lui était venue, mais elle l'avait aussitôt repoussée.

— Pour le moment, ce serait plutôt le contraire, puisqu'il exige de venir me chercher le 14 juillet gare de Lyon.

— Et tu lui diras la vérité ?

— Tout à l'heure au téléphone ?

— Oui.

— Oh, non ! J'ai tout de même très honte, tu sais…

Sa détresse émut Jeanne. Elle prit tendrement la main de son amie dans la sienne.

— Ce que tu as fait n'est pas bien malin, mais c'est de bonne guerre. Il n'a qu'à être plus clair, ne pas te laisser trois jours sans nouvelles quand il te promet d'appeler…

Laure la remercia et lui annonça qu'elle avait réservé une place sur le TGV Avignon-Paris, le 14 juillet à quinze heures quarante-cinq.

— C'est tout ce qui restait… Tu ne m'en veux pas de vous quitter plus tôt que prévu ?

Jeanne allait répondre quand elle aperçut Jean qui revenait d'une partie de tennis.

— Jure-moi que tu ne lui diras rien, dit Laure dans un souffle.

Jeanne promit, déjà lointaine. Elle avait sur le visage ce sourire amoureux qu'elle ne destinait qu'à Jean et dont elle ne soupçonnait pas l'éclat. Jean l'embrassa sur le front et lui tendit une branche de laurier.

Pomme se tenait en retrait, plus maussade encore qu'à l'ordinaire.

— Bonjour, mon amour, bonjour, ma chérie, dit Jeanne en leur désignant les deux chaises vides.

Mais Pomme, sourde à cette douce invitation, s'était plantée devant Laure et la fixait de ses yeux bleus chargés de colère.

— Il y a quelque chose qui ne va pas ? s'étonna la jeune femme.

— Il y a que tu as ronflé toute la nuit et que je n'ai pas pu dormir, répondit rageusement l'adolescente.

— Tu dois te tromper, je ne ronfle jamais, balbutia Laure.

— Si, tu ronflais ! Tu ronflais à réveiller tout l'hôtel !

— Pomme, cria Jean, sois polie avec Laure !

— C'est elle qui se soûle, c'est elle qui ronfle et c'est moi qu'on engueule !

— Pomme !

Laure s'apprêtait à intervenir quand elle s'entendit appeler par la réceptionniste.

— Excusez-moi, je crois qu'on me demande au téléphone.

Elle traversa en courant les quelques mètres qui la séparaient de l'hôtel et se jeta, tout essoufflée, dans le cagibi.

— Allô ?

— Bonjour, Laure.

La voix était si peu chaleureuse que tout de suite elle eut peur.

— Qu'est-ce qu'il y a ? dit-elle.

— C'est toi qui me demandes ce qu'il y a ?

Caraes eut un rire bref et sec.

— Je vais te dire ce qu'il y a : il y a que je déteste le coup de téléphone d'hier soir, il y a que je n'y ai rien compris mais que je le déteste, il y a…

Elle lui coupa la parole.

— Je rentre dimanche 14 juillet par le TGV de quinze heures quarante-cinq. Je serai à Paris à vingt heures.

Caraes se taisait. Elle entendit distinctement une allumette craquer et lui qui aspirait la fumée.

— À vingt heures, insista-t-elle, je t'expliquerai tout, je te le promets.

— Je ne serai pas à Paris quand tu rentreras.

— Quoi ?

Consciente qu'elle venait de hurler, Laure se força à baisser la voix. Elle lui rappela combien il avait désiré son retour. Elle se fit tendre, suppliante. Mais il se taisait et elle finit par lui demander les raisons de son absence.

— Je dois conduire mon fils à Rennes chez mes parents, dit-il.

Sa voix, hésitante, surprit Laure autant que sa réponse. Un soupçon la traversa : Caraes lui mentait, le trajet à Rennes était un prétexte, il avait d'autres intentions qu'il lui cachait.

— Je dois aller travailler, dit-il encore, je te rappellerai ce soir ou demain matin.

— Nous quittons l'hôtel à onze heures, à cause du bateau.

— Et après, tu seras où ?

— Quelque part en Avignon.

— Où ?

— Mais je ne sais pas…

— Eh bien, j'appellerai avant. Salut.

Après qu'il eut raccroché, Laure resta quelques secondes dans la cabine, paralysée. L'homme avec qui elle venait de s'entretenir ne ressemblait pas à l'homme qu'elle aimait.

Elle pressentit de manière fulgurante qu'il voulait lui faire du mal. Elle eut peur. « Il est méchant », se dit-elle, puis aussitôt après : « Non, il va rappeler, nous nous expliquerons. » Comme par magie, le téléphone se remit à sonner. Laure passa la tête à travers la porte et vit la réceptionniste qui lui faisait signe de décrocher.

— C'est encore pour vous, dit-elle.

Laure obéit, émerveillée. Dans son bureau, à Paris, Caraes venait sûrement de comprendre qu'il avait été cruel et que les brouilles téléphoniques étaient les pires des calamités.

— Allô ? dit-elle, débordante de reconnaissance.

Mais sa joie fut de courte durée. Il ne s'agissait pas de Caraes, mais de l'assistant du metteur en scène avec qui elle devait travailler début août. Il lui annonça quelques problèmes de production et l'informa que le film était reculé au mois de septembre.

— Des problèmes de production ? Tu sais lesquels ?

Jeanne, à qui Laure venait de raconter ses deux appels téléphoniques, avait négligé le premier pour ne s'intéresser qu'au second. Laure ne voulut pas répondre et revint à ce qui la tourmentait en priorité.

— Caraes… commença-t-elle.

Mais Jeanne ne la laissa pas poursuivre.

— C'est mauvais signe, un film qui se repousse…

Elles se trouvaient toutes les deux sur la plage blanche, étendues sur le sable. Jean et Pomme, un peu à l'écart des vacanciers, disputaient, sans conviction, une partie de volley-ball.

— C'est mauvais signe, parce que…

— Caraes mentait… Il ne va pas à Rennes avec son fils…

Jeanne eut un geste impatient pour signifier qu'elle ne désirait pas aborder ce sujet. Elle se mit à feuilleter une revue féminine tout en surveillant son amie dont l'expression douloureuse l'exaspérait. Laure se mit à plat ventre et dissimula son visage sous un pan de serviette. Elle se souvenait de son bonheur, quelques jours auparavant, quand Caraes l'avait appelée d'Orly. Des sanglots montaient en elle, sanglots qu'elle s'appliquait à refouler, les lèvres serrées, le corps tout entier crispé par l'effort. Une coulée de sable humide au creux de ses reins la fit sursauter : Pomme, penchée au-dessus d'elle, lui versait un mélange de sa composition.

— Alors, la ronfleuse, on ronfle toujours ?

Laure s'abrita davantage encore sous sa serviette-éponge. Pomme resta quelques secondes debout à se ronger le pouce, puis s'agenouilla sur le sol, le plus près possible du visage de son amie. Elle souleva un bout de tissu et chantonna :

— « Et la marmotte dit à l'écureuil
Depuis trois mois je n'ai pas fermé l'œil.
Marmotte vous mentez, voici venir l'été… »

— Assez, cria Laure.

Pomme prit son air le plus innocent.

— Tu n'aimes plus ta chanson ?

Une tape sur l'épaule l'empêcha de continuer. Elle se retourna et vit son père qui lui faisait signe de s'éloigner. Elle obéit. Jean attira alors son amie contre lui, la serra dans ses bras.

— Ne te laisse pas embêter par le premier sale type venu, dit-il en lui embrassant l'épaule.

— Si tu arrives à lui faire comprendre ça, tu as de la chance, marmonna Jeanne sans lever les yeux de sa revue.

Laure s'abandonna contre la poitrine de Jean. Il lui caressait doucement le visage et le cou et lui parlait à voix basse.

— Tant de soucis pour un homme que tu connais depuis à peine six mois…

Sa tendresse calmait Laure mais redoublait en même temps son envie de pleurer. Elle aurait aimé trouver les mots justes pour lui expliquer ce que Caraes avait de beau et de rare. Mais depuis leur dispute au téléphone, elle avait l'impression qu'elle ne savait plus qui il était.

Se pouvait-il qu'il eût, en une nuit, cessé de l'aimer ?

Se pouvait-il qu'il fût parti avec une autre femme alors qu'elle abrégeait ses vacances pour le retrouver plus vite ? Ces questions l'obsédaient et lui donnaient une expression effrayée qui troublait Jean.

— En vaut-il seulement la peine ?

Laure esquissa un sourire.

— Si je savais, dit-elle, si je savais…

À côté, Jeanne rassemblait les serviettes et les crèmes solaires. Pomme était revenue de sa brève promenade et annonçait qu'il était l'heure d'aller déjeuner.

Jean aida Laure à se relever.

— Oublie-le jusqu'à dimanche… Cette nuit, tu dormiras de ce « doux sommeil qui dénoue l'écheveau compliqué des soucis », comme dit Shakespeare.

Tout au long de l'après-midi, Laure réussit à feindre une insouciance qu'elle était loin d'éprouver. Elle joua aux cartes avec Pomme et retourna se baigner avec Jeanne. Christian l'appela de Paris et, comme il l'avait fait la semaine précédente, tenta de la rassurer. Il ajouta que si Caraes ne venait pas la chercher, il serait lui gare de Lyon. Laure le remercia et descendit sur la terrasse, apaisée. Elle espérait que Caraes, à son tour, allait téléphoner, qu'il lui donnerait les raisons de son subit voyage à Rennes.

De sa chaise longue, elle observait les clients de l'hôtel et se rappelait avec amusement son effroi du premier jour. Pomme, à ses côtés, rayonnait de bonheur : elle devait, dès le lendemain, rejoindre une amie de classe, dans un camping près de Béziers.

— Son père est formidable, expliquait-elle avec volubilité, c'est notre prof de gym.

Laure lui désigna Jean qui guidait Jeanne entre les tables.

— Le tien aussi.

— C'est vrai qu'il est pas mal, admit Pomme.

Jean et Jeanne, pour leur dernière soirée, avaient revêtu leurs plus belles tenues. Jean avait l'air d'un jeune homme et Jeanne, avec son ventre moulé dans une virginale robe blanche, ressemblait à une communiante qui aurait fauté.

— Champagne, eau minérale et limonade, commanda Jean.

Le serveur antillais revint avec les boissons, les olives et les cacahuètes. En tendant sa coupe à Laure, il lui fit un clin d'œil.

— Pas de vodka, ce soir ?

Laure se troubla.

— Après le dîner, peut-être ? dit-il encore avant de s'en retourner au bar où un Irlandais assoiffé le réclamait.

Le souvenir de son ivresse de la veille effrayait Laure.

« Il téléphonera, il faut qu'il téléphone », se dit-elle en touchant furtivement le bois de la table, le bois de la chaise longue et même une pomme de pin qu'elle avait dans sa poche.

Jean avait voulu que leur dernier dîner fût un dîner de fête et avait commandé, en secret, des langoustes. C'est pourquoi il pressait ses compagnes de terminer leurs verres et de passer à table.

— Fermez les yeux, les filles, dit-il, une fois qu'ils se furent installés.

— Maintenant, ouvrez-les !

Présentées sur un grand plateau argenté, les langoustes étaient impressionnantes. Des murmures admiratifs s'élevèrent des tables les plus proches et firent la joie de Jean.

Jeanne prit sa main et y déposa un baiser.

— Mon amour, quel bonheur ! dit-elle, au bord de l'extase. Jean lui rendit son baiser et caressa le poignet de Laure.

— Et vous, belle dame, cela vous va-t-il ?

— Tu es merveilleux, dit-elle, sincère.

En face d'eux, Pomme se taisait. Le spectacle qu'offraient son père et les deux jeunes femmes penchés sur le plat de langoustes lui était insupportable. Elle toussa pour rappeler sa présence et, comme personne n'en tint compte, s'adressa directement au maître d'hôtel.

— J'aime pas le poisson, je peux avoir un hamburger ?

Jeanne alors se fâcha. Elle lui expliqua le privilège que c'était de manger des langoustes. Elle la traita de gourde. Elle lui reprocha encore son manque absolu de curiosité, les heures qu'elle avait passées, couchée sur son lit, son walkman sur les oreilles. Pomme écoutait, sans essayer de se justifier. Ses yeux bleus tout d'abord chargés de mépris se remplissaient de larmes. Jean tenta de minimiser le comportement de sa fille.

— Elle lit beaucoup, dit-il.

— Lire dans sa chambre, comme c'est intéressant quand on passe ses vacances au bord de la mer ! répliqua sèchement Jeanne.

Laure prit son verre de rosé, alluma une cigarette et se détourna vers le jardin.

Depuis quelques jours, les grillons étaient revenus et couvraient de leur bruit le clapotis de l'eau. Il faisait très chaud. Un orage que l'on avait annoncé pour le milieu de la nuit s'approchait. Laure l'entendait rôder et espérait qu'il ne tarderait plus à éclater. Elle pensa que si Caraes téléphonait avant la fin du repas, elle serait libre, ensuite, de se promener dans la pinède, comme elle le faisait jadis quand elle était une petite fille et que sa cousine l'entraînait. Combien de fois, en pleine nuit, s'étaient-elles sauvées par la fenêtre de la villa de Saint-Raphaël, combien de fois s'étaient-elles tenues serrées l'une contre l'autre, sur la plage, à regarder les éclairs au-dessus de la mer… Elles regagnaient leurs chambres trempées jusqu'aux os et devaient, le lendemain, cacher à leurs parents leurs vêtements mouillés. Laure ignorait si la femme qu'était devenue sa cousine avait continué à courir au-devant des orages. Par une nuit que rien ne distinguait des autres, elle avait pris sa voiture et était partie, sans prévenir personne, sans laisser de lettre, vers une destination pour toujours inconnue. La route était droite, bordée d'arbres. Le véhicule avait été retrouvé quelques heures après l'aube, écrasé contre l'un d'entre eux. Rien ne justifiait l'accident et les gendarmes avaient longuement hésité avant d'émettre une opinion que sa famille, aujourd'hui encore, contestait.

— À toi aussi, il te faudrait un hamburger ? demanda Jean.

Laure ne comprit pas que c'était à elle que cette question s'adressait. Il répéta sa phrase et lui désigna la langouste qui attendait, intacte, dans son assiette. La jeune femme s'excusa et commença maladroitement à la décortiquer.

— Ah, l'amour, toujours l'amour ! dit Jean en lui resservant un grand verre de rosé.

— Laure ! Laure !

Jean, Jeanne et Pomme étaient déjà entassés, avec les sacs et les valises, à l'arrière de la jeep qui devait les conduire au port. Ils appelaient leur amie qui s'obstinait à traîner dans le hall de l'hôtel, et dont ils commentaient, à voix basse, les traits tirés et le regard absent.

Le chauffeur se mit de la partie et klaxonna. Laure dut se résigner à s'en aller. Elle serra la main de la jeune standardiste et lui dit, très vite :

— Si on me téléphone, pouvez-vous dire que…

Mais le bel Italien s'était glissé à ses côtés. Il désirait envoyer plusieurs télégrammes à Milan et exigeait de la jeune standardiste qu'elle s'en occupe sur-le-champ. Celle-ci, séduite par ses tempes grises, son sourire éclatant et sa mâle autorité, s'empressa d'obéir. Dehors, le conducteur de la jeep klaxonnait, maintenant, de façon ininterrompue. Laure n'insista pas davantage. Elle courut vers le véhicule. La cour où elle avait pris, douze jours durant, ses petits déjeuners était encore trempée des averses de la nuit. Elle glissa sur les cailloux, tomba à moitié dans une flaque d'eau. Ce fut Jean qui la hissa dans la jeep au moment où celle-ci démarrait.

— Tu vas finir par nous faire rater le bateau de midi avec tes fichues histoires de téléphone, lui reprocha Jeanne.

— Surtout qu'il n'y en a plus d'autre avant quatorze heures, renchérit Pomme.

Laure contemplait, hébétée, le bas de sa robe bleue, taché de boue, et l'un de ses genoux qui s'était mis à saigner. Elle pensa qu'elle avait dû se faire mal lors de sa chute et s'étonna de ne rien ressentir. Caraes seul comptait. Elle avait attendu pendant vingt-quatre heures qu'il l'appelle et il ne l'avait pas fait. Il ne serait pas à

Paris. Elle devinait, avec une lucidité qui se renforçait de minute en minute, que leur histoire, sans qu'elle sache pourquoi, était terminée. Une main posa un mouchoir roulé en boule sur son genou écorché. C'était Jeanne qui, comme si elle avait suivi le cours de ses pensées, lui murmurait avec son habituelle fermeté :

— Oublie-le.

Laure acquiesça du menton et s'appliqua à respirer. L'air était chargé d'odeurs diverses que l'orage et la pluie avaient ravivées. Le mauvais état de la route faisait se cogner les uns contre les autres les passagers de la jeep. Jeanne, d'une main, protégeait son ventre et de l'autre retenait le chapeau de paille. Elle riait à chaque secousse, et les autres, autour d'elle, riaient aussi. Jean, un peu soucieux de la voir ainsi ballottée, posa à son tour ses mains sur son ventre. Pomme, intarissable depuis son réveil, décrivait à qui voulait l'entendre les merveilleuses vacances qu'elle s'apprêtait à passer dans le camping de Béziers. Durant la nuit, la peur des éclairs l'avait précipitée dans le lit de sa grande amie, et Laure, malgré l'étroitesse du matelas, l'avait gardée longtemps dans ses bras. Elle avait bercé Pomme comme il lui était arrivé, parfois, de bercer sa cousine lorsque celle-ci avait un chagrin. Chagrin dont aucune des deux petites filles n'aurait su dire l'origine, mais qui avait dû grandir et s'enraciner en elle, puisque c'était peut-être lui qui l'avait envoyée se fracasser contre un arbre. Laure savait maintenant qu'aussi longtemps qu'elle vivrait, elle garderait en elle le regard effrayé qu'elle lui avait vu lors de leur dernière rencontre. Il suffirait pour cela d'une odeur d'eucalyptus, d'un ciel d'orage ou d'un cahier de devoirs de vacances abandonné, ouvert, sur un coin de table.

La jeep traversa le petit village de pêcheurs, s'arrêta près du port. Jean, aidé de Jeanne et de Laure, déchargea les quatre valises, les cinq sacs et les trois paniers qui constituaient leurs bagages d'été. Pomme portait autour du cou les paires de palmes et l'appareil photo. Étrangère à l'agitation des adultes, elle admirait des bracelets en nacre que vendait un jeune homme, assis à même le trottoir.

De nouveaux touristes, pâles et fatigués, arrivaient. Ils croisaient ceux pour qui les vacances étaient terminées et qui s'en retournaient chez eux. Le même bateau les amenait et les ramenait. C'était vers lui que se dirigeaient Jean et ses compagnes.

Une fois à bord, accoudés tous les quatre au bastingage, ils regardèrent un long moment s'éloigner les rivages de l'île. Jean se tenait entre les deux jeunes femmes. Il leur exprimait le bonheur qu'il avait eu avec elles. Il demanda à Pomme de les prendre en photo. Jeanne se tourna, rayonnante, vers l'objectif, face au vent qui se levait. Le chapeau de paille fut emporté et flotta quelques instants dans le sillage du bateau.

— Le chapeau de ta grand-mère, dit Jeanne, désolée.

Le TGV Avignon-Paris arrivait gare de Lyon. Laure remercia un vieux monsieur qui lui avait tenu compagnie pendant le parcours et qui venait de descendre du filet son lourd sac de voyage. Elle ne s'était pas couchée de la nuit, elle se sentait épuisée. Elle avait vu, sous les étoiles, un spectacle magnifique, et des amis qui lui étaient chers avaient insisté pour qu'elle reste quarante-huit heures de plus au festival. Mais rien ni personne n'aurait pu l'empêcher de rentrer. Savoir pourquoi Caraes l'avait rejetée était sa seule urgence. D'un restaurant, sur la route, puis de différents cafés d'Avignon, elle avait appelé Christian et lui avait demandé de joindre, de sa part, Caraes. Christian s'y était

COLLECTION FOLIO 2€

Dernières parutions

4199. Léon Tolstoï	*Le réveillon du jeune tsar* et autres contes
4200. Oscar Wilde	*La Ballade de la geôle de Reading* précédé de *Poèmes*
4273. Cervantès	*La petite gitane*
4274. Collectif	*«Dansons autour du chaudron». Les sorcières dans la littérature*
4275. G. K. Chesterton	*Trois enquêtes du Père Brown*
4276. Francis Scott Fitzgerald	*Une vie parfaite* suivi de *L'accordeur*
4277. Jean Giono	*Prélude de Pan* et autres nouvelles
4278. Katherine Mansfield	*Mariage à la mode* précédé de *La baie*
4279. Pierre Michon	*Vie du père Foucault* suivi de *Vie de George Bandy*
4280. Flannery O'Connor	*Un heureux événement* suivi de *La personne déplacée*
4281. Chantal Pelletier	*Intimités* et autres nouvelles
4282. Léonard de Vinci	*Prophéties* précédé de *Philosophie et d'Aphorismes*
4317. Anonyme	*Ma'rûf le savetier. Un conte des Mille et Une Nuits*
4318. René Depestre	*L'œillet ensorcelé* et autres nouvelles
4319. Henry James	*Le menteur*
4320. Jack London	*La piste des soleils* et autres nouvelles
4321. Jean-Bernard Pouy	*La mauvaise graine* et autres nouvelles
4322. Saint Augustin	*La Création du monde et le Temps* suivi de *Le Ciel et la Terre*
4323. Bruno Schulz	*Le printemps*
4324. Qian Zhongshu	*Pensée fidèle* suivi d'*Inspiration*
4325. Marcel Proust	*L'affaire Lemoine*
4326. Ji Yun	*Des nouvelles de l'au-delà*

4387. Boileau-Narcejac	*Au bois dormant*
4388. Albert Camus	*Été*
4389. Philip K. Dick	*Ce que disent les morts*
4390. Alexandre Dumas	*La dame pâle*
4391. Herman Melville	*Les encantadas, ou îles enchantées*
4392. Mathieu François Pidansat de Mairobert	*Confession d'une jeune fille*
4393. Wang Chong	*De la mort*
4394. Marguerite Yourcenar	*Le Coup de grâce*
4395. Nicolas Gogol	*Une terrible vengeance*
4396. Jane Austen	*Lady Susan*
4441. Honoré de Balzac	*Les dangers de l'inconduite*
4442. Collectif	*1, 2, 3... bonheur! Le bonheur en littérature*
4443. James Crumley	*Tout le monde peut écrire une chanson triste* et autres nouvelles
4444. Fumio Niwa	*L'âge des méchancetés*
4445. William Golding	*L'envoyé extraordinaire*
4446. Pierre Loti	*Les trois dames de la kasbah* suivi de *Suleïma*
4447. Marc Aurèle	*Pensées. Livres I-VI*
4448. Jean Rhys	*À septembre, Petronella* suivi de *Qu'ils appellent ça du jazz*
4449. Gertrude Stein	*La brave Anna*
4450. Voltaire	*Le monde comme il va* et autres contes
4482. Régine Detambel	*Petit éloge de la peau*
4483. Caryl Férey	*Petit éloge de l'excès*
4484. Jean-Marie Laclavetine	*Petit éloge du temps présent*
4485. Richard Millet	*Petit éloge d'un solitaire*
4486. Boualem Sansal	*Petit éloge de la mémoire*
4518. Renée Vivien	*La dame à la louve*
4519. Madame Campan	*Mémoires sur la vie privée de Marie-Antoinette. Extraits*
4520. Madame de Genlis	*La femme auteur*
4521. Elsa Triolet	*Les amants d'Avignon*

4522. George Sand — *Pauline*
4549. Amaru — *La centurie. Poèmes amoureux de l'Inde ancienne*
4550. Collectif — *«Mon cher papa...» Des écrivains et leur père*
4551. Joris-Karl Huysmans — *Sac au dos suivi d'À vau l'eau*
4552. Marc Aurèle — *Pensées. livres VII-XII*
4553. Valery Larbaud — *Mon plus secret conseil...*
4554. Henry Miller — *Lire aux cabinets* précédé d'*Ils étaient vivants et ils m'ont parlé*
4555. Alfred de Musset — *Emmeline* suivi de *Croisilles*
4556. Irène Némirovsky — *Ida* suivi de *La comédie bourgeoise*
4557. Rainer Maria Rilke — *Au fil de la vie. Nouvelles et esquisses*
4558. Edgar Allan Poe — *Petite discussion avec une momie* et autres histoires extraordinaires
4596. Michel Embareck — *Le temps des citrons*
4597. David Shahar — *La moustache du pape* et autres nouvelles
4598. Mark Twain — *Un majestueux fossile littéraire* et autres nouvelles
4618. Stéphane Audeguy — *Petit éloge de la douceur*
4619. Éric Fottorino — *Petit éloge de la bicyclette*
4620. Valentine Goby — *Petit éloge des grandes villes*
4621. Gaëlle Obiégly — *Petit éloge de la jalousie*
4622. Pierre Pelot — *Petit éloge de l'enfance*
4639. Benjamin Constant — *Le cahier rouge*
4640. Carlos Fuentes — *La Desdichada*
4641. Richard Wright — *L'homme qui a vu l'inondation* suivi de *Là-bas, près de la rivière*
4665. Cicéron — *«Le bonheur dépend de l'âme seule». Livre V des «Tusculanes»*
4666. Collectif — *Le pavillon des parfums-réunis* et autres nouvelles chinoises des Ming
4667. Thomas Day — *L'automate de Nuremberg*

4668. Lafcadio Hearn — *Ma première journée en Orient* suivi de *Kizuki, le sanctuaire le plus ancien du Japon*

4669. Simone de Beauvoir — *La femme indépendante*

4670. Rudyard Kipling — *Une vie gaspillée* et autres nouvelles

4671. D.H. Lawrence — *L'épine dans la chair* et autres nouvelles

4672. Luigi Pirandello — *Eau amère* et autres nouvelles

4673. Jules Verne — *Les révoltés de la Bounty* suivi de *Maître Zacharius*

4674. Anne Wiazemsky — *L'île*

4708. Isabelle de Charrière — *Sir Walter Finch et son fils William*

4709. Madame d'Aulnoy — *La princesse Belle Étoile et le prince Chéri*

4710. Isabelle Eberhardt — *Amours nomades. Nouvelles choisies*

4711. Flora Tristan — *Promenades dans Londres. Extraits*

4737. Joseph Conrad — *Le retour*

4738. Roald Dahl — *Le chien de Claude*

4739. Fiodor Dostoïevski — *La femme d'un autre et le mari sous le lit. Une aventure peu ordinaire*

4740. Ernest Hemingway — *La capitale du monde* suivi de *L,heure triomphale de Francis Macomber*

4741. H. P. Lovecraft — *Celui qui chuchotait dans les ténèbres*

4742. Gérard de Nerval — *Pandora* et autres nouvelles

4743. Juan Carlos Onetti — *À une tombe anonyme*

4744. Robert Louis Stevenson — *La chaussée des Merry Men*

4745. Henry David Thoreau — *«Je vivais seul dans les bois»*

4746. Michel Tournier — *L'aire du muguet* précédé de *La jeune fille et la mort*

4781. Collectif — *Sur le zinc. Au café des écrivains*

4782. Francis Scott Fitzgerald — *L'étrange histoire de Benjamin Button* suivi de *La lie du bonheur*

4783. Lao She — *Le nouvel inspecteur* suivi de *le croissant de lune*

4784. Guy de Maupassant — *Apparition* et autres contes de l'étrange

4785. D.A.F. de Sade — *Eugénie de Franval. Nouvelle tragique*

4786. Patrick Amine	*Petit éloge de la colère*
4787. Élisabeth Barillé	*Petit éloge du sensible*
4788. Didier Daeninckx	*Petit éloge des faits divers*
4789. Nathalie Kuperman	*Petit éloge de la haine*
4790. Marcel Proust	*La fin de la jalousie* et autres nouvelles
4839. Julian Barnes	*À jamais* et autres nouvelles
4840. John Cheever	*Une américaine instruite* précédé d'*Adieu, mon frère*
4841. Collectif	*«Que je vous aime, que je t'aime!» Les plus belles déclarations d,amour*
4842. André Gide	*Souvenirs de la cour d'assises*
4843. Jean Giono	*Notes sur l'affaire Dominici* suivi d'*Essai sur le caractère des personnages*
4844. Jean de La Fontaine	*Comment l'esprit vient aux filles* et autres contes libertins
4845. Yukio Mishima	*Papillon* suivi de *La lionne*
4846. John Steinbeck	*Le meurtre* et autres nouvelles
4847. Anton Tchekhov	*Un royaume de femmes* suivi de *De l'amour*
4848. Voltaire	*L'Affaire du chevalier de La Barre* précédé de *L,Affaire Lally*
4875. Marie d'Agoult	*Premières années (1806-1827)*
4876. Madame de Lafayette	*Histoire de la princesse de Montpensier* et autres nouvelles
4877. Madame Riccoboni	*Histoire de M. le marquis de Cressy*
4878. Madame de Sévigné	*«Je vous écris tous les jours...» Premières lettres à sa fille*
4879. Madame de Staël	*Trois nouvelles*
4911. Karen Blixen	*Saison à Copenhague*
4912. Julio Cortázar	*La porte condamnée* et autres nouvelles fantastiques
4913. Mircea Eliade	*Incognito à Buchenwald...* précédé d'*Adieu!...*
4914. Romain Gary	*Les Trésors de la mer Rouge*

4915. Aldous Huxley — *Le jeune Archimède* précédé de *Les Claxton*
4916. Régis Jauffret — *Ce que c'est que l'amour* et autres microfictions
4917. Joseph Kessel — *Une balle perdue*
4918. Lie-tseu — *Sur le destin* et autres textes
4919. Junichirô Tanizaki — *Le pont flottant des songes*
4920. Oscar Wilde — *Le portrait de Mr. W. H.*
4953. Eva Almassy — *Petit éloge des petites filles*
4954. Franz Bartelt — *Petit éloge de la vie de tous les jours*
4955. Roger Caillois — *Noé* et autres textes
4956. Jacques Casanova — *Madame F.* suivi d'*Henriette*
4957. Henry James — *De Grey, histoire romantique*
4958. Patrick Kéchichian — *Petit éloge du catholicisme*
4959. Michel Lermontov — *La princesse Ligovskoï*
4960. Pierre Péju — *L'idiot de Shanghai* et autres nouvelles
4961. Brina Svit — *Petit éloge de la rupture*
4962. John Updike — *Publicité* et autres nouvelles
5010. Anonyme — *Le petit-fils d'Hercule. Un roman libertin*
5011. Marcel Aymé — *La bonne peinture*
5012. Mikhaïl Boulgakov — *J'ai tué* et autres récits
5013. Sir Arthur Conan Doyle — *L'interprète grec* et autres aventures de Sherlock Holmes
5014. Frank Conroy — *Le cas mystérieux de R.* et autres nouvelles
5015. Sir Arthur Conan Doyle — *Une affaire d'identité* et autres aventures de Sherlock Holmes
5016. Cesare Pavese — *Histoire secrète* et autres nouvelles
5017. Graham Swift — *Le sérail* et autres nouvelles
5018. Rabindranath Tagore — *Aux bords du Gange* et autres nouvelles
5019. Émile Zola — *Pour une nuit d'amour* suivi de *L'inondation*
5060. Anonyme — *L'œil du serpent. Contes folkloriques japonais*
5061. Federico García Lorca — *Romancero gitan* suivi de *Chant funèbre pour Ignacio Sanchez Mejias*

5062. Ray Bradbury	*Le meilleur des mondes possibles* et autres nouvelles
5063. Honoré de Balzac	*La Fausse Maîtresse*
5064. Madame Roland	*Enfance*
5065. Jean-Jacques Rousseau	*« En méditant sur les dispositions de mon âme... »* et autres rêveries, suivi de *Mon portrait*
5066. Comtesse de Ségur	*Ourson*
5067. Marguerite de Valois	*Mémoires. Extraits*
5068. Madame de Villeneuve	*La Belle et la Bête*
5069. Louise de Vilmorin	*Sainte-Unefois*
5120. Hans Christian Andersen	*La Vierge des glaces*
5121. Paul Bowles	*L'éducation de Malika*
5122. Collectif	*Au pied du sapin. Contes de Noël*
5123. Vincent Delecroix	*Petit éloge de l'ironie*
5124. Philip K. Dick	*Petit déjeuner au crépuscule* et autres nouvelles
5125. Jean-Baptiste Gendarme	*Petit éloge des voisins*
5126. Bertrand Leclair	*Petit éloge de la paternité*
5127. Alfred de Musset-George sand	*« Ô mon George, ma belle maîtresse... » Lettres*
5128. Grégoire Polet	*Petit éloge de la gourmandise*
5129. Paul Verlaine	*L'Obsesseur* précédé d'*Histoires comme ça*
5163. Akutagawa Ryûnosuke	*La vie d'un idiot* précédé d'*Engrenage*
5164. Anonyme	*Saga d'Eiríkr le Rouge* suivi de *Saga des Groenlandais*
5165. Antoine Bello	*Go Ganymède !*
5166. Adelbert von Chamisso	*L'étrange histoire de Peter Schlemihl*
5167. Collectif	*L'art du baiser. Les plus beaux baisers de la littérature*
5168. Guy Goffette	*Les derniers planteurs de fumée*
5169. H. P. Lovecraft	L'horreur de Dunwich
5170. Léon Tolstoï	*Le diable*

5184. Alexandre Dumas — *La main droite du sire de Giac* et autres nouvelles
5185. Edith Wharton — *Le miroir suivi de Miss Mary Pask*
5231. Théophile Gautier — *La cafetière* et autres contes fantastiques
5232. Claire Messud — *Les Chasseurs*
5233. Dave Eggers — *Du haut de la montagne, une longue descente*
5234. Gustave Flaubert — *Un parfum à sentir ou Les Baladins* suivi de *Passion et vertu*
5235. Carlos Fuentes — *En bonne compagnie* suivi de *La chatte de ma mère*
5236. Ernest Hemingway — *Une drôle de traversée*
5237. Alona Kimhi — *Journal de berlin*
5238. Lucrèce — *« L'esprit et l'âme se tiennent étroitement unis ». Livre III de « De la nature »*
5239. Kenzaburô Ôé — *Seventeen*
5240. P. G. Wodehouse — *Une partie mixte à trois* et autres nouvelles du green
5290. Jean-Jacques Bernard — *Petit éloge du cinéma d'aujourd'hui*
5291. Jean-Michel Delacomptée — *Petit éloge des amoureux du Silence*
5292. Mathieu Térence — *Petit éloge de la joie*
5293. Vincent Wackenheim — *Petit éloge de la première fois*
5294. Richard Bausch — *Téléphone rose* et autres nouvelles
5295. Collectif — *Ne nous fâchons pas ! ou L'art de se disputer au théâtre*
5296. Robin Robertson — *Fiasco ! Des écrivains en scène*
5297. Miguel de Unamuno — *Des yeux pour voir* et autres contes
5298. Jules Verne — *Une fantaisie du Docteur Ox*
5299. Robert Charles Wilson — *YFL-500* suivi du *Mariage de la dryade*
5347. Honoré de Balzac — *Philosophie de la vie conjugale*
5348. Thomas De Quincey — *Le bras de la vengeance*
5349. Charles Dickens — *L'embranchement de Mugby*
5350. Épictète — *De l'attitude à prendre envers les tyrans*

5351. Marcus Malte — *Mon frère est parti ce matin...*
5352. Vladimir Nabokov — *Natacha* et autres nouvelles
5353. Arthur Conan Doyle — *Un scandale en Bohême* suivi de *Silver Blaze. Deux aventures de Sherlock Holmes*
5354. Jean Rouaud — *Préhistoires*
5355. Mario Soldati — *Le père des orphelins*
5356. Oscar Wilde — *Maximes* et autres textes
5415. Franz Bartelt — *Une sainte fille* et autres nouvelles
5416. Mikhaïl Boulgakov — *Morphine*
5417. Guillermo Cabrera Infante — *Coupable d'avoir dansé le cha-cha-cha*
5418. Collectif — *Jouons avec les mots. Jeux littéraires*
5419. Guy de Maupassant — *Contes au fil de l'eau*
5420. Thomas Hardy — *Les intrus de la Maison Haute* précédé d'un autre conte du Wessex
5421. Mohamed Kacimi — *La confession d'Abraham*
5422. Orhan Pamuk — *Mon père* et autres textes
5423. Jonathan Swift — *Modeste proposition* et autres textes
5424. Sylvain Tesson — *L'éternel retour*
5462. Lewis Carroll — *Misch-Masch* et autres textes de jeunesse
5463. Collectif — *Un voyage érotique. Invitations à l'amour dans la littérature du monde entier*
5464. François de La Rochefoucauld — *Maximes* suivi de *Portrait de La Rochefoucauld par lui-même*
5465. William Faulkner — *Coucher de soleil* et autres Croquis de La Nouvelle-Orléans
5466. Jack Kerouac — *Sur les origines d'une génération* suivi de *Le dernier mot*
5467. Liu Xinwu — *La Cendrillon du canal* suivi de *Poisson à face humaine*
5468. Patrick Pécherot — *Petit éloge des coins de rue*
5469. George Sand — *La château de Pictordu*
5470. Montaigne — *De l'oisiveté* et autres Essais en français moderne

5471. Martin Winckler — *Petit éloge des séries télé*
5523. E.M. Cioran — *Pensées étranglées* précédé du *Mauvais démiurge*
5524. Dôgen — *Corps et esprit. La Voie du zen*
5525. Maître Eckhart — *L'amour est fort comme la mort* et autres textes
5526. Jacques Ellul — « *Je suis sincère avec moi-même* » et autres lieux communs
5527. Liu An — *Du monde des hommes. De l'art de vivre parmi ses semblables*
5528. Sénèque — *De la providence* suivi de *Lettres à Lucilius (lettres 71 à 74)*
5529. Saâdi — *Le Jardin des Fruits. Histoires édifiantes et spirituelles*
5530. Tchouang-tseu — *Joie suprême* et autres textes
5531. Jacques De Voragine — *La Légende dorée. Vie et mort de saintes illustres*
5532. Grimm — *Hänsel et Gretel* et autres contes
5589. Saint Augustin — *L'Aventure de l'esprit et autres Confessions*
5590. Anonyme — *Le brahmane et le pot de farine. Contes édifiants du Pañcatantra*
5591. Simone Weil — *Pensées sans ordre concernant l'amour de Dieu* et autres textes
5592. Xun zi — *Traité sur le Ciel* et autres textes
5606. Collectif — *Un oui pour la vie ? Le mariage en littérature*
5607. Éric Fottorino — *Petit éloge du Tour de France*
5608. E. T. A. Hoffmann — *Ignace Denner*
5609. Frédéric Martinez — *Petit éloge des vacances*
5610. Sylvia Plath — *Dimanche chez les Minton* et autres nouvelles
5611. Lucien — « *Sur des aventures que je n'ai pas eues* ». *Histoire véritable*
5631. Boccace — *Le Décaméron. Première journée*
5632. Isaac Babel — *Une soirée chez l'impératrice* et autres récits

5633. Saul Bellow	*Un futur père* et autres nouvelles
5634. Belinda Cannone	*Petit éloge du désir*
5635. Collectif	*Faites vos jeux ! Les jeux en littérature*
5636. Collectif	*Jouons encore avec les mots. Nouveaux jeux littéraires*
5637. Denis Diderot	*Sur les femmes* et autres textes
5638. Elsa Marpeau	*Petit éloge des brunes*
5639. Edgar Allan Poe	*Le sphinx* et autres contes
5640. Virginia Woolf	*Le quatuor à cordes* et autres nouvelles
5714. Guillaume Apollinaire	*« Mon cher petit Lou ». Lettres à Lou*
5715. Jorge Luis Borges	*Le Sud* et autres fictions
5716. Thérèse d'Avila	*Le Château intérieur. Les trois premières demeures de l'âme*
5717. Chamfort	*Maximes* suivi de *Pensées morales*
5718. Ariane Charton	*Petit éloge de l'héroïsme*
5719. Collectif	*Le goût du zen. Recueil de propos et d'anecdotes*
5720. Collectif	*À vos marques ! Nouvelles sportives*
5721. Olympe De Gouges	*« Femme, réveille-toi ! » Déclaration des droits de la femme et de la citoyenne* et autres écrits
5722. Tristan Garcia	*Le saut de Malmö* et autres nouvelles
5723. Silvina Ocampo	*La musique de la pluie* et autres nouvelles
5758. Anonyme	*Fioretti*
5759. Gandhi	*En guise d'autobiographie*
5760. Leonardo Sciascia	*La tante d'Amérique*
5761. Prosper Mérimée	*La perle de Tolède* et autres nouvelles
5762. Amos Oz	*Chanter* et autres nouvelles
5794. James Joyce	*Un petit nuage* et autres nouvelles
5795. Blaise Cendrars	*L'Amiral*
5796. Collectif	*Pieds nus sur la terre sacrée. Textes rassemblés par T. C. McLuhan*
5797. Ueda Akinari	*La maison dans les roseaux* et autres contes
5798. Alexandre Pouchkine	*Le coup de pistolet* et autres récits de feu Ivan Pétrovitch Bielkine

Composition Nord Compo
Impression Novoprint
à Barcelone, le 31 juillet 2014
Dépôt légal : juillet 2014
1er dépôt légal dans la collection : décembre 2007

ISBN 978-2-07-034912-8./Imprimé en Espagne.

276703